Manfred Böckl
Jennerwein

Manfred Böckl

Jennerwein

Ein bayerisches Wildererdrama

Historischer Roman

BAYERLAND

Unser gesamtes lieferbares Programm und Informationen
über Neuerscheinungen finden Sie unter www.bayerland.de

Verlag und Gesamtherstellung:
Druckerei und Verlagsanstalt »Bayerland« GmbH
85221 Dachau, Konrad-Adenauer-Straße 19

Titelbild: »Schlucht bei Tegernsee«, Gemälde von August Macke
© Christie's Images Ltd. ARTHOTHEK

Printed in Germany · ISBN 978-3-89251-466-4

INHALT

Die Szenerie war katholisch, barock; auf unterschwellige Weise blasphemisch dazu.

Föhnig verwaschene Wolkenbänke hingen über dem Karwendelmassiv. Im hinterfotzig weichen Märzwind pluderten Fahnen. Bronzene und silberne Stangenaufsätze, zwiebelartig gebläht an der Basis, schienen das Firmament zu zernadeln. Da nistete ein Drachenschlächter im Brokat, dort – das Kreuz im unschuldigen Schulterblatt – das Lamm; geisterfahl, blutleer. Kanonenschuss-scharfes Knattern oder tückisches Zischeln spuckten die Bannerbildnisse aus. Über den geduckten Schädeln der Menschen hieben sie hin und her. Die blässliche Silhouette der Alpenkette im Süden tratzten sie, unberechenbar peitschend, bei jedem Schritt der keuchenden Träger.

Der obskurantistische Wurm wälzte sich gegen die Dorfkirche heran und schleppte genau im Zentrum seiner Wamme den protzigen Baldachin mit sich. Den vierpfostigen Traghimmel, den wüst bequasteten, unter dem der Pfarrherr dahinschritt; bei jeder Bewegung schier aus dem eigenen Fleisch platzend. Die zuckenden Hängebacken des Prälaten spiegelten sich in der wie zum Schlag erhobenen Monstranz. Kopfstimmig fistelnd, skandierte der Geistliche die Leitfloskeln der marianischen Litanei: Himmelskönigin! Gottesgebärerin! Unbefleckte Jungfrau! Meerstern! Wundersamer Kelch! Honigsüßes Gefäß!

»Bitt für uns!« Dem klerikalen Tremolo immer wieder rauhkehlig, bauerndumpf und weiberschrill entgegengesetzt: »Bitt für uns!«

Dazu das Schmatzen der Holzschuhe und Schnürstiefel im Schlamm, das Magengrollen wegen der Fastenzeit, der ungute Geruch aus den leeren Mägen heraus. Gestank nach altem Schweiß und Stall auch, der aus den ruppigen Kleidern quoll.

Vorneweg Junge, Stiernackige im Burschenrudel für sich. Dann die älteren Ökonomen, Gütler und Knechte; die gefalteten Hände mager, verkrümmt, hornig. Manche wie Klauen, zwei- oder dreifingrig bloß noch. Von der Sense, vom Häckselmesser, vom Tierbiss gezeichnet, jetzt aber von den Rosenkränzen geschnürt. Ein Einäugiger im Schlagschatten der Fahnen, ein anderer ohne Unterschenkel am Krückstock. Milchig-Narbiges, Amputiertes, noch von den Napoleonischen Kriegen her. Orden, blank oder angeschmutzt, über eingefallenen Brustkörben.

Mit pfeifender Lunge ein vorzeitig Vergreister, dem an der Beresina* eine Russenkugel die Rippen zersplittert hatte. Ganz hinten die unverheirateten Dirnen und Mägde, die gelegentlich wie aufgestörte Gänse zu trippeln begannen. Zwischen ihnen und dem Allerheiligsten gleich einem matt-schwarzen Block die Matronen. In überdimensionale Kopftücher gehüllt, deren Fransen ihnen bis hinunter zu den Fersen flatterten. Das »Bitt für uns!« hier besonders klagend und anklagend. Hingewimmert wurde es über vom Alter verquollene Gebetbücher, schien sich metaphysisch in die mitgetragenen Wachsstöcke aus Altötting oder Tuntenhausen zu nagen.

Jäh dann das blecherne Aufmaunzen der Blaskapelle, als der Baldachin auf der Höhe der Friedhofsmauer anlangte. An den Grabsteinen, am übermoosten Getrümmer vorbei wand sich der Zug. Ein paar Krähen flatterten erschrocken auf, dann saugte das Kirchenportal die Prozessionsteilnehmer in seinen Schlund.

Der Bittgang faserte sich auf in einzelne Nachzügler. Während die Musik drinnen noch einmal grell schmetterte und dann abbrach, schob sich eine Abgerissene, eine Hochschwangere scheu an die Tür des vorgeblichen Gotteshauses heran. Etwas von einem Frettchen, von einem gescheuchten Tier hatte die Gütlerstochter Maria Jennerwein an sich; ihr Antlitz trug bläulich verfärbte Spuren von Schlägen.

**

Ein Beben lief über die feisten Wangen des Großhartpenninger Pfarrers; ein Schüttern, als würde er von unsichtbaren Mächten gebeutelt. Von den Kanzelputten goldgleißend und nacktärschig gerahmt, reckte sein fleischiges Haupt sich nach vorne, wölbte sein Predigermund sich zu empörter Rundung. Wie zur Götterbeschwörung, möglicherweise aber auch zum Gottwürgen, klammerte er die Finger ineinander, raunzte dann – nach wohlerwogener Kunstpause – los: »Ein Sarg wurde vor die Residenz des Königs zu München getragen! Einen Leichnam holten aufrechte Christenmenschen aus seiner Gruft! Ein nackter Totenschädel klagte den Wittelsbacher an!«

Wie aus heiterem Himmel heraus gemaulschellt, zogen die Großhartpenninger die Köpfe ein. Mehrere heisere »Jessas-Maria!« wurden laut. Ein weit ausholendes Kreuz schlug der Kleriker und wetterte weiter:

* Erläuterungen spezieller Begriffe finden sich im Glossar (Seite 131ff.)

»Warum dies geschah?! Warum dies nötig war?! Ich will es euch erklären, geliebte Söhne und Töchter! Vom Teufel ist der König besessen, vom Satan, vom belialischen Feind! In Weibsgestalt hat das Abscheuliche sich ihm genähert; schamlose Kleider trägt es, hat sich die Fratze geschminkt und umzüngelt den vom rechten Weg Abgeirrten gleich einer Schlange! Sie, die Natter, hat ihm das Gift der sündigen Lust in den Leib gespritzt, hat das an ihm verbrochen, was die schleimigen Weibsbilder seit jeher mit ihren Opfern anstellen; von Adams Zeiten an!«

Die Großhartpenninger stöhnten; geil die einen, entsetzt die anderen. Am lautesten, die eigene Herabwürdigung verdrängend, die Frauen.

Der Geistliche beugte sich über die Kanzelbrüstung, schien seine Gemeinde jetzt förmlich anspringen zu wollen, fuhr fort: »Lola Montez lautet der Name der Ungeheuerlichen! Eine Tänzerin ist sie, stammt aus Spanien, aus dem Welschland! Den König umgarnte sie dort, wo die Versuchung stets lebendig ist – im Theater! Dort zeigte sie ihm ihr verworfenes nacktes Fleisch! Unaussprechliches«, der Prälat keuchte gierig, »ließ sie ans Licht quellen! War es ein Wunder, dass der Monarch ihr daraufhin verfiel mit Haut und Haaren?! Nein, sage ich euch, denn das Böse lauert allüberall, und selbst der heilige Antonius hatte übermenschliche Mühe, sich gegen den schillernden Lindwurm zu behaupten! Nur durch den Beistand der unermesslich huldreichen Mutter Kirche bewahrte der, welcher nunmehr zur Rechten Gottes sitzt, die Unbeflecktheit seines Leibes vor dem Übel! Der König aber, der Wittelsbacher, ließ sich vom dämonischen Weibsvieh um den Verstand bringen!«

Drohend bleckte der Prälat gegen etliche aufgrunzende Burschen hin und polterte sodann: »Seine Exzellenz der Erzbischof von München und Freising in höchsteigener Person versuchte dem Abtrünnigen ins Gewissen zu reden, trat zum Kampf um die unsterbliche Seele des Vermessenen an! Der König jedoch – fast möchte man ihn ja gar nicht mehr so bezeichnen – verspottete den Geweihten des Herrn bloß! Mehr noch! Er wagte es sogar, dem Schlangenvieh eine neunzackige Krone aufs Haupt zu setzen! Zur Gräfin Landsfeld ernannte er die Teufelin, die doch in Wahrheit aus einem Hurenhaus in Madrid gekrochen ist! In den bayerischen Adelsstand erhob er sie, um seine Gotteslästerung und seinen Ehebruch damit zur Vollendung zu bringen!«

Der Pfarrer wartete ab, bis sich das Raunen, Stöhnen und Zischeln unten im Kirchenschiff einigermaßen wieder beruhigt hatte. »Aber das christkatholische Volk dieses Landes lässt sich solches nicht bieten«, setzte er anschließend seinen Sermon fort, und nun schwang ein geradezu umstürzlerischer Unterton in seiner Stimme mit. »Ihr habt es ja schon vernommen, geliebte Söhne und Töchter, dass das Kabinett Abel – und ist nicht allein schon der Name dieses von der Kirche geliebten Mannes ein Omen?! – aus Protest gegen die Sündhaftigkeit des Verbohrten zurückgetreten ist! Mit päpstlichem Segen«, der Prälat bekreuzigte sich wieselflink dreifach, »geschah dies; der fast schon Verlorene sollte dadurch dringlich zu Umkehr, Reue und Buße aufgefordert werden! Jedoch brachte diese Mahnung den Wittelsbacher noch immer nicht zur Einsicht, sondern jetzt verstieg er sich auch noch dazu, katholische und brav ultramontane Beamte zu entlassen und gottesfürchtige Professoren auf die Straße zu setzen – bloß, um sich weiter im Schleim der Schlange suhlen zu können! Dass daraufhin ein Sarg aus seiner Gruft fahren musste, habe ich euch vorhin schon gepredigt! Auch der Görres war ja einst ein von Todsünden Befleckter und diente den Satansbuhlen in Frankreich, nachdem sie zu Paris den König und zahllose Priester Gottes hingeschlachtet hatten! Aber grenzenlos ist die Gnade des Herrn und seines eingeborenen Sohnes, und so fand dieser Görres zuletzt zur einzigen Wahrheit zurück, sagte sich los von den französischen Umstürzlern, welche einst allesamt in der Hölle brennen werden, und wurde ein Philosoph des Katholizismus, was beinahe soviel zählt, als hätte er die Weihen empfangen! Ungeheuerliches also vollbrachte die Dreifaltigkeit an ihm; hochgelehrt lebte er zu München und war bis zu seinem Tode eine wahre Stütze der heiligen Mutter Kirche in dieser Stadt! Umso schlimmer aber peinigten ihn die Missetaten Ludwigs, welche er aus dem Jenseits mit ansehen musste, und so war es nur recht und billig, dass Studenten von ihm seine sterbliche Hülle noch einmal aus der Gruft auffahren ließen und sie vor die Residenz trugen, dem Wittelsbacher zur Mahnung!

Doch selbst der Tote brachte den Gotteslästerlichen nicht zur Einsicht; vielmehr beging Ludwig ein weiteres Verbrechen, denn er ließ kürzlich erst die Münchner Universität schließen! Dies aber bedeutet – hört mir sehr gut zu! –, dass in der Hauptstadt jetzt keine Priester mehr ausgebildet werden können, und damit ist die geistliche Wohlfahrt unseres ganzen Volkes bedroht! Ja!«, heulte der Prälat über seine nunmehr arg rumorende Gemeinde hin. »Jawohl, das ist es, was der Wittelsbacher euch antut! Um eure jenseitige Seligkeit möchte er euch bringen, Bayern wohl gar zu einem heidnischen Pfuhl machen! Schon hört man, dass er mit den Liberalistischen paktiert, die aus Frankreich ins Land gekommen sind, um unsere Heimat zu versklaven, welche doch allein unter dem Mantel der Madonna gedeihen kann! Ketzer und Teufelsanbeter schart der Wittelsbacher um sich, weil ihn die Montez, die ganz und gar verworfene Schlange, dazu getrieben hat! Ist sie doch aus Weiberfleisch gemacht, worin der Belialische von Ewigkeit zu Ewigkeit seine Behausung findet – und lässt man es zu, dass sich der falsche König noch tiefer in ihren glitschigen Schlund verliert, dann wird es gar nicht mehr lange dauern, bis das Bayernland selbst untergeht!«

Die metallbeschlagene Bibel hielt der Pfarrherr plötzlich in beiden Fäusten und schwang sie gleich einer Keule über die Köpfe der völlig verstörten Großhartpenninger hin. Auf die Knie stürzten sie, alle, ohne Ausnahme, und während sie buckelten und stöhnten, kam der Prälat allmählich zum Abschluss seiner rebellischen Ausführungen: »Da der Münchner durch die Schuld des Weibes ganz offensichtlich unfähig zur Ausübung der Regierungsgewalt geworden ist, muss sich das Volk in seiner Gesamtheit jetzt gegen die Hexe erheben! Dann wird der Verblendete entweder zu seinen Pflichten zurückfinden, oder aber er wird verjagt werden! Gott sei ihm gnädig; ihm, der das Gebot der Keuschheit gebrochen hat und deswegen zu einem wahren christlichen Leben schon lange nicht mehr imstande ist!«

Krachend fiel der Foliant zurück auf die Kanzelbrüstung; nachdem der Knall verklungen war, raunzte der Geistliche noch: »Aber ach! Derjenige, dessen Namen ich lieber nicht noch einmal ausspreche, ist ja nicht allein der Todsünde verfallen! Vielmehr ist das schreckliche Übel der Sittenlosigkeit überall anzutreffen in Bayern! Nicht nur über der Hauptstadt lastet es wie ein stinkender grünlicher Schleim; auch im Bezirk Miesbach ist es zu Hause – und ebenso hier in Großhartpenning und den zugehörigen Gemeinden, wie mir nur allzugut bekannt ist! Deswegen tut Buße Tag und Nacht, damit ihr gerettet werdet; ihr alle, die ihr vom Weib in Sünde empfangen und geboren seid! Im Namen des Vaters, des Sohnes und des Heiligen Geistes. Amen!«

Der Prälat rumpelte von der Kanzel herunter, verschwand in der Sakristei. Die Dörfler wichen ihm aus, so gut sie konnten, drängten sich gleich darauf am rückwärtigen Portal. Die Fahnen, die barbarischen Banner einer immer noch mittelalterlichen Welt, blieben in den Halterungen seitlich der Kirchenbänke stecken.

Draußen, vor der mit Eisenbuckeln beschlagenen Tür, stand noch immer die Hochschwangere. Aufgrund ihres schandbaren Zustandes war ihr der Aufenthalt im Inneren des sogenannten Gotteshauses nicht gestattet. Seit Jahrhunderten galt dieser blasphemische Brauch in Bayern, und nun, da die Meute der anderen Christen sich gegen sie heranwälzte, floh die ledige Maria Jennerwein hinüber zur Friedhofsmauer.

Schwerfällig hastete sie dahin, konnte dennoch nicht verhindern, dass ihr verächtliche Rufe nachgellten; Beleidigungen, auch Zoten. Die Großhartpenninger, vom Kleriker gestachelt, hatten in der Gütlerstochter aus dem nahe gelegenen Haid das geeignete Opfer gefunden. Schon seit geraumer Zeit ging das so, immer dann, wenn Maria im Kirchdorf zu tun hatte, und auch heute wieder musste die Siebzehn- oder Achtzehnjährige lange an der rauhen Mauer stehen und zittern, bis sich endlich der Strom der Scheinheiligen verlief, bis die Krähen zurückkehrten zwischen die Grabsteine.

Die Blasse mit den hässlichen Striemen im Antlitz, die an diesem Tag bei der Hebamme gewesen war, wollte den Selbstgerechten soeben scheu und in gehörigem Abstand durchs Dorf folgen – als sie plötzlich ein Reißen tief drinnen im aufgewölbten Bauch spürte. Ein Zustechen wie von einem Messer war es; es hieb sie zusammen, ließ ihren Körper sich wie eine Schale um die wunde Leibtrommel krümmen. Der Schweiß brach ihr aus, der pludernde Fallwind schien die jähe Hitzewallung noch schlimmer zu machen.

Dann, in ihr Hecheln, in ihr salzig verschliertes Gesichtsfeld hinein, der Pfarrer. Der schwarze, gschwollschädelige Racheengel trat aus der Sakristei heraus. Sein Stiefelstampfen, im Schlamm, im Kies, trieb der Ledigen ein stoßartiges Würgen durch die Speiseröhre. Sauer stieß es ihr auf, bitter, gallig, dazu noch immer das Messer unter dem Herzen. Der Schatten dräute über sie hin, weihrauchdunstig; gleichzeitig kroch ihr das Zischeln ins Hirn: »Sünderin! Verfluchte! Schandmetze, du!«

Die Gütlerstochter floh erneut; zusammengestaucht, krumm. Erst als sie bereits den halben Weg zum Weiler Haid zurückgelegt hatte, machte das Stechen in ihrem Inneren einer dumpfen, müden Betäubung Platz. Der Nachmittag unter der süßlichen Föhnkanzel aus dem Süden begann sich jetzt bereits einzudüstern.

***

Im Halbdämmer stieß der Pfarrherr von Großhartpenning seine Bedienerin aus dem Bett. Die Frau verzog sich fromm in die Küche, die Vesper herzurichten; die Schmalznudeln, den Milchkaffee. Unterm Federbett, das eklig noch nachnässte, kam der Prälat allmählich wieder zu Atem.

Nächsten Donnerstag, dachte er, vor dem Tarock mit ihm und dem Kaplan, kann ich es meinem Amtsbruder drüben in Warngau beichten. Er wälzte sich, fischte nach seiner Hose, setzte in Gedanken hinzu:

War ja eh bloß eine lässliche Sünde nach dem Kanon. Und außer dem Warngauer erfährt's auch keiner. Ist daher lang nicht so schlimm wie beim Wittelsbacher und seiner spanischen Hur' ...

***

Wegen der genannten Tänzerin, die in Wahrheit nichts weiter als die platonische Geliebte Ludwigs I. gewesen war, kam es zur Revolution in München. Obwohl der König die Montez mittlerweile aus dem Land gewiesen hatte, stürmten aufgebrachte Bürger schon einen Tag nach dem doppelzüngigen Sermon des Großhartpenninger Pfarrherrn das Zeughaus in der Hauptstadt. Immer noch pluderte der Föhnwind; man schrieb den vierten März des Jahres 1848. Die Revoluzzer bewaffneten sich mit Vorderladern und zogen weiter zur Residenz. Mehr als etliche blinde Schüsse in die Luft wurden nicht abgegeben, dennoch erklärte sich der Wittelsbacher zu Verhandlungen bereit. Ein Bündel liberaler Gesetze stellte er in Aussicht; Ministerverantwortlichkeit, völlige Pressefreiheit und Verbesserung der Ständewahlordnung lauteten die Schlagworte. Ludwig I. von Bayern, erstaunlich blauäugig und die Situation trotz erzkatholischer Erziehung völlig missverstehend, geriet vom Regen in die Traufe.

Zwar besänftigte er die Liberalistischen im Land, hatte jedoch bei seinem Zugeständnis rudimentärer Bürgerrechte völlig die Klerikalen, die Ultramontanen vergessen. Die heulten, besonders hinsichtlich des unzensierten Journalismus, noch ärger auf als zuvor wegen der glutäugigen Schauspielerin, und in der Residenzstadt brodelte es jetzt noch heftiger als ehedem. Republikanische und Papsthörige begannen gegeneinander zu schnappen, dass die Fetzen flogen, Wirtshäuser und Kirchenschiffe wurden zu bier- oder weihrauchdunstgeschwängerten Arenen; hinzu kam die allgemeine Entwicklung jenseits der bayerischen Grenzen.

Am 13. März dieses Jahres 1848 zogen in Wien Studenten und Bürgerwehr gemeinsam gegen die Hofburg und jagten den verhassten Staatsminister Metternich aus dem Land. Fünf Tage später, am 18. März, kam es zu Barrikadenkämpfen in Berlin. Friedrich Wilhelm IV. setzte sich samt seiner Soldateska nach Potsdam ab. Auch in der Schweiz gärte es, ebenso in Kiel, Hessen und Baden. Dies alles kulminierte – zumindest aus bayerischer Sicht – am 20. März in der Abdankung Ludwigs.

»Treu der Verfassung regierte Ich«, verkündete der König unmittelbar vor der Abhalfterung seinen gewesenen Untertanen. »Dem Wohl des Volkes war mein Leben geweyhet, als wenn Ich eines Freystaats Beamter gewesen, so gewissenhaft ging Ich mit dem Staatsgute, mit den Staatsgeldern um …« Ludwigs ruheständlerische Apanage, eine halbe Million Goldgulden jährlich, wurde in der Proklamation aus verständlichen Gründen nicht erwähnt.

Ohnehin richteten die Augen der Bayern sich sofort auf ihren neuen Monarchen, Maximilian II., einen eher blässlichen Blaublütigen von sechsunddreißig Jahren, der noch am gleichen Tag gekrönt wurde – nicht mehr unter föhnigem Himmel freilich, sondern unter unvermittelt noch einmal frostbissig gewordenem Firmament.

***

Auf dem Strohsack im Haider Gütlerhaus lagen Wehenschweiß und klamme Kälte im Widerstreit. »Pressen!«, raunte die Hebamme über die bis zum Platzen angespannte Bauchdecke der Maria Jennerwein hin. »Auch wenn's so hart ist, als ob du einen Stein scheißen müsstest! Pressen, nicht aufgeben! Es wird schon! Gleich kommt's!«

Die Gebärende wand sich mit zuckenden Fersen auf dem feuchten Rupfen. Das Fruchtwasser – war es wirklich schon vor Stunden abgegangen? – hatte sich tief in den Bettsack gesaugt. Einmal mehr verursachte der fischige Geruch der Siebzehn-, Achtzehnjährigen ein Würgen. Dies und die immer noch anhaltende Wehe hämmerten ihr jäh einen schwarzen Schleier, lichtblitzdurchzuckt, vors Antlitz. Die Umrisse der Hebamme verflatterten. Auch der Schatten der Mutter, weiter hinten in der Stube, beim Feuerplatz, wo es dampfschwadig aus dem Kessel quoll. Dumpf, irgendwie choralartig wurden die Geräusche; selbst das Raunzen und Knurren des Alten, des Schlägers, der drüben rauschig vor der Schnapsflasche hockte, verflachte.

Die Hiebe freilich blieben der plötzlich aus der Realität Weggescheuchten auch in der Ohnmacht, im Schmerzdelirium gegenwärtig; die Prügel, die sie während ihrer Schwangerschaft ertragen hatte. Das Keimen in ihr und der zudreschende Vater wurden Maria Jennerwein im zeitlichen Zurückschauern eins. Unter der harschen Glocke des Hasses musste das Wurm gedeihen. Während sich ihr das neue Leben inwendig ins Fleisch krallte, fetzten von außen die Schläge gegen ihre zerbrechliche Hauthülle heran. Und die Schimpfworte dazu: »Hurensau! Matz! Mistviech, elendiges!« Unaufhaltsam, ohne Unterlass, von dem Tag an, an dem sie ihre Schande nicht länger hatte einschnüren können.

Die Fotzen ins Gesicht, die hornigen Klauen, die sie beutelten; die heimlichen Knierempler auch, tückisch gegen ihren sündigen Unterleib gerichtet. Der Alte – »Wie sollen wir's durchfüttern?! Sind selbst arm genug dran! Haben selbst nichts zu fressen!« – hatte es ihr wegprügeln, es aus ihr herausdreschen wollen.

Ist ihm aber nicht gelungen, wummerte es ihr durchs mentale Weggleiten. Auch wenn er's gern hinterm Stall verscharrt hätte. Hinterm Stall, wo sie zum ersten Mal den Verführer getroffen hatte, den Feschen mit der Spielhahnfeder am Hut. Über den Kartoffelacker war er herangekommen zum geduckten, windschiefen Haus; unterm Schindeldach hatten sie dann beide gestanden, harzig hatte das Holz gerochen in der Bruthitze. Und die verlockenden Worte dazu, die Versprechungen, die Verheißungen. Dass sie sein Schatz werden solle, seine einzige. Und auf den Händen wolle er sie tragen, sich im Großhartpenninger Gau ansässig machen …

Auf einmal flackerte es hell in ihrem Delirium, ein paar Herzschläge lang. Sie hatte es ihm ja glauben wollen und vor allem, dass er sie liebte. So war ihnen die Nische unterm Stalldach zum Refugium geworden, zwei-, dreimal, immer nächtens, bis sie sich dann selbst nicht mehr zurückzuhalten, ihn nicht mehr abzuhalten vermochte. Ins duftende Heubett hinaus also, sich in den Schober gewühlt, vor verhaltener Lust wimmernd schon; vor verhaltener Lust und unterschwelliger Furcht. Und dann das Reißen zwischen den Schenkeln; das Reißen erst und gleich darauf das Unbeschreibliche; das Glück; der Himmel, der heimliche immerhin.

Hitzige Sommertage, voller Wonne jetzt jede Nacht. Im Körperwiegen die Träume, die lichten Zukunftsvisionen, das gemeinsame Dach. Dann der Hieb, der erste. Im September, nachdem ihre Blutung schon zweimal ausgeblieben war: »Bist du wahnsinnig geworden, du Matz?! Ein Kind?! Und das mir?! Du Hur'! Wo ich mir erst was schaffen will! Wo ich noch zehn oder zwanzig Jahre lang der Knecht sein muss, ehe ich mir vielleicht ein Gütl …«

Das von ihm! Von IHM! Und ihr Schreien, ihr Betteln in seine auf einmal so harte Haut hinein. Und unter der eigenen dünnen Haut das Balg, das Wurm. Und der Herbst dann – und er fort. Auf Nimmerwiedersehen. Ohne Abschied. Einfach verschwunden, der Feigling, verdünnisiert. Dahin, dorthin. Was wusste sie denn schon?! Nur dass das Balg sich in ihr festgekrallt hatte, das Wurm, das wusste sie jetzt noch. Und das war aufgequollen in ihr, und sie hatte es liebhaben müssen, ob sie wollte oder nicht; das war ja doch, trotz allem, ihr Fleisch, ihr Blut, ihre Erinnerung, ihr Rest ärmlicher Liebe. Und so war sie gekrochen gekommen, zur Mutter zuerst, dann zum anderen Mann, zum Alten. Und der hatte sie gleich zu prügeln begonnen wegen ihrer Sünde ...

Maria Jennerwein krümmte sich unter den Schlägen, floh durchs Delirium, krachte gegen den schwarzen, lichtblitzdurchzuckten Rand, sprengte ihn weg, kehrte in sich selbst zurück, bäumte sich auf dem durchsudelten Strohsack hoch, schrie gellend – und spürte, wie das glitschige Bündel ihrem berstenden Schoß entglitt.

In den Händen der Hebamme landete es, hing gleich darauf kopfunten und plärrte dünn, und dann hörte die Wöchnerin die Wehmutter sagen: »Ein Bub ist es; ein kräftiger dazu!« Georg, dachte die Nachblutende. Trotz allem hatte sie es sich oft und oft ausgemalt. Georg Jennerwein. Weil es so sauber klang, so anständig.

Der Bankert

Überstanden waren die Armentaufe, das Zahnen, im Herbst des 49er Jahres die Fraisen, etliche Katenwinter dazu. Dreijährig torkelte der Girgl in seinen vierten Lebensfrühling hinein. Lief barfüßig durch den Schlamm im März und die Ungewissheit im April, schlug sich im Winkel oder im verbotenen Teufelsgraben die Knie blutig. Zum Maianfang dann, gleichzeitig mit den ersten Marienandachten drüben in der Großhartpenninger Pfarrkirche, schnürte ihm die Mutter, die ärmliche Marei, einen Kanten Schwarzbrot ins Sacktuch und führte ihn in aller Frühe vom Gütleranwesen fort.

»Wohin?« wollte der Bub wissen.

»Auf den Taglohn«, antwortete die Ledige, die noch immer dieses gescheuchte Wesen an sich hatte. »Der Großvater, du weißt schon! Aber nach der Ernte kommen wir zurück. Dann haben wir Geld, dann wird alles besser werden.«

Duweißtschon … duweißtschon … duweißtschon …, klingelte es im Schädel des Kindes. Mit der Faust rubbelte der Dreijährige sich den blonden Schöpf. In seinen grauen Augen flirrte flüchtig so etwas wie ein Ahnen auf. Aber er wusste letztlich bloß, dass der Großvater das viele Bier trank, den Schnaps dazu aus der Tonflasche – und dass man dem Alten dann aus dem Weg gehen musste. Vielleicht hingen auch das Heulen der Oma und das schrille Aufwimmern der Mutter in manchen Nächten damit zusammen oder dass der Zittrige ihn selbst manchmal unschuldig verprügelt hatte. Duweißtschon … duweißtschon … duweißtschon …, fluderte das unsichtbare Stimmchen noch einmal nach und verhallte. »Geld können wir schon brauchen«, murmelte der magere Strick altklug, packte die Hand der Maria Jennerwein und begann heftig zu zerren.

Der Taglohn jedoch bei den Bauern fiel dürftig aus, besonders weil ein Weibsbild ihn heischte, eine Ledige auch noch. Mitgefüttert werden musste zudem der Bankert. Die Bäuerinnen zu Dietramszell, Schlickenried, Linden, Erlach und Otterfing zählten dem Gesocks aus Haid jeden Bissen einzeln vor. Großherziger waren ab und an höchstens die Küchenmägde, auch die anderen Wanderarbeiter, die selbst nicht viel besaßen. Hob jemand von denen den Dreijährigen aufs Knie, dann durfte er manchmal Geselchtes schmecken, Handkäs oder Speckkraut.

Besser war das allemal als die Wassersuppen oder die wässrigen Erdäpfel, welche die Wohlhabenderen übrig hatten. Und die Abgerissenen, die Krummknochigen spotteten auch nicht so arg über ihn wie die Herausgefressenen, die Christkatholischen, die immer wieder einmal darauf zu sprechen kamen, dass er irgendwann, irgendwo von einer Bank gefallen sein musste – obwohl er sich selbst beim besten Willen nicht daran zu erinnern vermochte. Aber das Zischeln und Zähneblecken kam, fuhr gegen ihn und die Mutter heran, so regelmässig wie das Amen in der Kirche, und nach Sonnenuntergang, wenn er sich am Leib der Marei verkriechen wollte, spürte er erschrocken die Härte ihrer Haut.

Mit dem ersten Tageslicht dann wieder hinaus auf die Feldbreiten, die Wiesen. Die Müdigkeit noch in den Knochen und im Magen das Knurren. Die Mutter hinter dem Drainagepflug her oder mit der Hauhacke im Unkraut. Der Grauäugige, der Gescheuchte irgendwo in der Furche, im Dreck. Mit bloßen Händen zugange, um den guten Willen zu zeigen. Da riss er sich an den Steinen, da fiel er auf die Schnauze. Da erntete er, in der Erdrunse sich windend, Gelächter. Da taumelte er hoch und floh und bekam oft genug schon wieder Schläge. Nicht nur von den Großkopfeten, sondern auch von der Mutter, weil der Taglohn eben so mager war. Das schmerzte ärger als alles. Lieber vom Bauern geprügelt, der Sau, dachte er sich rotzend, als von ihr. Aber sagen konnte er ihr das auch nicht. Weil sie ja eh schon immer weniger und dünner wurde im Taglohn, im verfluchten.

Sonntags dann immer zu den ganz Fetten. Darauf bestanden die Protzbauern; auf dem Kirchgang. Im Armesünderbänklein kniegelte der Bankert mit der Marei. Vor dem Altar oder oben auf der Kanzel die feisten Hängebacken. Die wie niemand sonst zischeln und schimpfen konnten. Von dem, was sie aus sich bellten und raunzten, begriff der Girgl wenig. Bloß Angst machten sie ihm; eine Höllenangst. Mit ihren Geschwänzten und Hornigen und Blutigen und Durchmesserten und Gerösteten; mit all den geschissenen Heiligen und Märtyrern halt. Wieselflink war er jedesmal wieder draußen, sobald der Böse im Messgewand es gestattete. Und dann klang ihm bestimmt wieder der Bankert im Ohr; dass man es von einem wie ihm halt nicht anders erwarten könne, dass er ein Lump sei, eine Sünd', ein Bengel ohne Vater.

So ging das Frühjahr hin, kam der Sommer; die armseligen Münzen im Sacktuch der Marei vermehrten sich außerordentlich zäh. In Föching und dann in Valley heuten sie jetzt; der Staub biss dem Girgl in die Schleimhäute, einmal begann er zu fiebern. Drei oder vier Tage, später wusste er dies nicht mehr so genau, lag er mutterseelenallein in einer stickigen Knechtskammer. Hatte Albträume und erlebte noch einmal all die Schläge, die er seit dem Einsetzen seines Denkens bekommen hatte. Er erlebte sie im Bündel, wie einen Hagelsturm. Und hörte dazu das Keifen:»Bankert« und »Sünd'«.

Dann gelang es ihm, ein Ratz zu werden. Ein Pelzteufel mit stachligen, fast eisernen Grannen. Die stellte er auf gegen die Welt; allein gegen die Marei nicht und nicht gegen die, welche ihn irgendwann einmal großherzig gefüttert hatten. Aber gegenüber den anderen igelte er sich ein. War ein Ratzenigel jetzt; ein kugelrunder, gefährlicher Stichelhaufen. Als die Mutter am dritten oder vierten Abend zu ihm kam, fand sie ihn fieberfrei, bloß noch schwach und verschwitzt. Der Dreijährige hatte die Krankheit weggeigelt; er hatte es geschafft, weil sie nicht vom Heustaub allein gekommen war.

Das Heu aber buckelte sich zu dicken Schobern auf und wurde in die Scheuern eingefahren; überall im Oberland um München, unten in Niederbayern auch. Wenig später sensten die Marei und all die anderen Hilfskräfte das Korn. Golden glühte es; allüberall die Spelzen, die den Segen umhüllten. Den Reichtum der Protzbauern konnte es jetzt wieder mehren. Noch mehr den der Grundherren, der adligen und kirchlichen. Im Sacktuch der Maria Jennerwein freilich klirrte es noch immer kläglich dünn. Obwohl jetzt die Zeit gekommen war, dass sie mit dem Vaterlosen heimkehrte nach Haid.

✳✳✳

Heimkehr und Heimat – das biss sich. Der Alte, schon wieder im Suff, säckelte die Tochter grunzend aus. Riss sich die magere Ausbeute der Fronarbeit unter den Nagel. Schickte den Girgl um Schnaps zum Wirt. Sein Weib, eben noch in der Wiedersehensfreude, heulte. Als die Marei, härter geworden in der Fremde, aufzubegehren versuchte, beschimpfte er sie wie gehabt:»Hurenmatz, verreckte!«

Bis in die Nacht hinein hockte er dann unterm Kruzifix. Becherte sich ins Delirium und fixierte den Bankert mit blutunterlaufenen Augen. Nichts hatte sich geändert durch die Flucht, durch den Versuch der Maria Jennerwein, als Tagelöhnerin zum Unterhalt der Familie beizutragen. Weil es gar keine Familie gab zu Haid. Weil der Mann, der Alkoholiker, nach wie vor das nicht hochkommen ließ, was die Frauen, das Kind auch, einzubringen gehabt hätten.

Girgl, als er vier, dann fünf Jahre alt wurde, spürte dies immer deutlicher. Das Bild des Ratzenigels blieb ihm deswegen gegenwärtig. Wann immer es nötig wurde, stellte er die Grannen, die Stacheln auf. Ließ den Alten schon bald gar nicht mehr an sich heran. Bockte, trat, biss, wenn der es in seinen sentimentalen Rauschphasen versuchte. Schlug der Trinker unversehens zu, beutelte sich der Bub bald bloß noch ab. Dann aber, jäh, konnte er hinausrennen, durch den Weiler fetzen, zum Anger. Dort gründelten die Karpfen im Weiher, schnatterten die Gänse, zogen die Enten ums Karree. Aber auch Treffpunkt der anderen Kinder war der Anger, und die griff der Bankert jetzt immer häufiger wie irrsinnig an. Die größeren vor allem, die Bauernsöhne. Sprang ihnen ins Genick, schopfte sie, kratzte. Kämpfte tückisch; wenn's sein musste, mit dem Prügel. Kannte keinen Halt mehr, wenn es ihn einmal gepackt hatte. Hielt sich nicht an die ungeschriebene Regel, die Dinge nicht zu weit zu treiben. Wütete auch dann noch hirnlos, wenn der andere ihn bereits untergekriegt hatte. Musste zusammengeschlagen werden, bis er bloß noch wimmerte, bis er völlig kraftlos war. Hatte dann wieder den Spott davon und die Erniedrigung – und lernte nichts weiter aus seinen Niederlagen als die Gemeinheit. Sechs-, siebenjährig dann galt er als hinterlistiger, hundshäutener Raufer. Als einer, bei dem man nie sicher sein konnte. Der Jennerwein – Girgl nannte ihn jetzt kaum noch eines der Haider Kinder – kannte die bösartigen Griffe. Die in die Augen, in die Mundwinkel, ins Geschlecht. Der scherte sich den Teufel drum, wenn Blut floss. Nie wusste man, ob er nicht im Versteck lauerte, mit der Schleuder, mit den Kantsteinen. Einmal schoss er den vierzehnjährigen Sohn des größten Bauern besinnungslos, schoss ihn gegen die Stirn. Der Säufer schlug ihn windelweich, brach seinen Widerstand mit brutaler Manneskraft, trank hinterher noch haltloser als sonst.

Die Großmutter schluchzte zu dieser Zeit nur noch lautlos, wimmerte sich tonlos durchs achte und neunte Lebensjahr ihres einzigen Enkels. Ließ lediglich ein verstörtes »Jessas-Maria!« hören, wenn es mit dem Georg in der Sonntagsschule wieder einmal ungut abgelaufen war. Mit der Mutter, der Marei, kam der Verhaltensgestörte aus. Arbeitete er mit ihr im Taglohn oder auf den beiden mageren Äckern des Gütleranwesens, war auf ihn Verlass. Unter ihren Augen schuftete er gelegentlich sogar zum Gotterbarmen. Weil er es manchmal kaum noch ertragen konnte, wie sehr sie sich abrackern musste. Das Häusleranwesen hing jetzt mehr oder weniger an ihr. Der Alte taugte nur noch selten zur Arbeit; der Suff hatte ihn fast schon gebrochen. Die Großmutter war immer schwach gewesen. Die Marei eigentlich auch, aber sie war glücklicherweise erst eine Mittzwanzigerin. Eine Ledige freilich, eine Sitzengelassene; eine, die wahrscheinlich keinen Mann mehr bekommen würde, obwohl sie doch wie ein Kerl rackerte. Die mit dem Bankert eben, dazu dem Säufer zum Erzeuger. Der konnte noch immer unvermittelt auf sie losgehen. Einmal, nachdem er ein Zugscheit nach der Marei geworfen hatte, schwor der Neunjährige mit zuckenden Fäusten: »Ich bring' ihn um! Irgendwann werd' ich ein Messer haben, dann stech' ich ihn ab!«

Dazu kam es nicht. Der Tod schob dem einen Riegel vor. Kurz vor Weihnachten 1857 traf den Alten der Schlag, räumte ihn hinweg im Vollrausch.

Georg Jennerwein, als er begriff, lachte.

»Wenn wir das Gütl drangeben, hast du eine Mitgift!« Die Worte der Großmutter, der ihre Witwenschaft neuen Auftrieb geschenkt hatte, hingen wie eine Verheißung in der heruntergekommenen Stube. »Dann kannst du anderswo einheiraten, Marei, kannst dich mit einem anständigen Kerl zusammentun! Dann kriegt der Girgl einen Vater – und ich einen Austrag!«

Der nunmehr Zehnjährige konnte sich nicht erinnern, jemals ein solches Leuchten, eine solche Hoffnung in den Augen der Mutter gesehen zu haben. Die eigene Rührung beschämte ihn, machte ihn fahrig. Tief drinnen in ihm schien eine Kruste aufzubrechen. Einen Lidschlag später aber dachte er beinahe erschrocken: Ein Vater ...?!

»Fort von Haid. Anderswo neu anfangen«, murmelte Maria Jennerwein. »Wenn das möglich wäre! Mein Gott! Noch im letzten Winter hätte ich nicht einmal davon zu träumen gewagt! Du meinst es wirklich ernst, Mutter? Du würdest mir das Anwesen überschreiben?«

»Das mit dem Austrag müssten wir halt advokatisch machen«, nickte die Alte.

»Da brauchtest du keine Angst zu haben«, versprach ihre Tochter. Auf der Ofenbank rückte sie näher an den Buben heran, nahm ihn in die Arme. Der Blonde, plötzlich wieder ein Kleinkind, verkroch sich an ihrer Brust. Tief atmete die Ledige ein, dann setzte sie hinzu: »Aber ich kenne doch gar keinen Mann. Ich wüsste doch gar nicht, wo ...«

»Drüben in Großhartpenning, den Hochzeitschmuser, den fragen wir«, verkündete die Großmutter. »Der kommt weit herum, der findet dir ganz bestimmt einen.«

Die Marei nickte, wirkte vorfreudig und verschämt gleichermaßen, hatte auf einmal rote, hektische Flecken im Gesicht. Georg Jennerwein, obwohl er dies eigentlich gar nicht vorgehabt hatte, löste sich jäh wieder aus ihren Armen.

**

Der Leiterwagen mit den beiden Milchkühen an der Deichsel rumpelte unter der mageren Herbstsonne dahin, seit fünf Stunden schon. Neben den Tieren her liefen Maria Jennerwein und ihr Bankert. Die Alte ließ die krampfadrigen Beine hinten von der polternden Bretterplatte hängen. In ihrem Rücken schwankten die beiden Schränke und die Einzelteile der abgeschlagenen Bettstellen. Strohsäcke und Tuchzeug waren dazwischengepackt. Irdenes Geschirr stieß sich womöglich die Ränder wund in der heugepolsterten Kiste. Am Wiesbaum oben, heute nicht übers Grummet, sondern über die Kleinmöbel gebengelt, baumelten etliche Petroleumlampen. Eingemachtes, Zwetschgen- und Apfelmus, lockte gelegentlich eine späte Hummel an. Schräg hinaus über die rechte Wagenleiter schnitt ein Sensenblatt in den zirrengemaserten Himmel; ein abgedengeltes Stück Schäbigkeit, bezeichnender als alles sonst auf dem ungewöhnlichen Kammergefährt.

In aller Frühe, im ersten Morgengrauen waren sie aufgebrochen zu Haid. Der Trödeljude aus Miesbach, der verachtete Kerl, war ihnen am Tag zuvor behilflich gewesen beim Aufladen. Er hatte ihnen auch versprochen, das an Gerümpel und Kroppzeug, was im Schuppen und im Stall hatte zurückbleiben müssen, später noch an den Mann zu bringen. Das abgewirtschaftete Gütl selbst war für einen schlechten Preis an einen Münchner Viehhändler verkauft worden, ebenso die Kleintiere. Vom Juden hätten wir wahrscheinlich mehr bekommen, hätte der bloß das Kapital gehabt, dachte Maria Jennerwein, während die Rinder dumpf trottend die letzte Wegkehre vor der Tattenkofener Isarbrücke nahmen. Gletschergrün in seinem Kiesbett gurgelte der junge Fluss daher. »Hüh!«, rief die Endzwanzigerin, ließ gleichzeitig die Schnurgeißel schnalzen. Die Alte, ohnehin schon ängstlich den ganzen Vormittag über, bekreuzigte sich fahrig, als der Leiterwagen über den Bohlensteg schwankte.

Ein Stück hinter dem Dorf dann, als sie an einer Böschung hielten, um das karge Mittagsmahl einzunehmen, brach plötzlich die Treibjagd über sie herein. Aus dem Auwald heraus die Bracken und Stockburschen. Über den Gries heran wie ein kreatürlicher Rechen, prügelnd und blaffend. Dahinter die Großkopfeten; bestiefelt, lodengrün. Der erste Hase stand auf, unmittelbar nach ihm drei, vier weitere im schütteren Rudel. Flinten knallten los im Stakkato, schleimige Pulverdampfwolken quollen zäh himmelwärts. Ein Dutzend Sprünge vor der Böschung kobolzte eine Häsin sich in den eigenen Tod. Ein waidwund geschossener Rammler, bloß den Lauf zersplittert, quiekte auf wie ein Kind, ehe der Hetzrüde über ihn kam und ihn totbeutelte. Die Gewehrträger reichten den Jägern frische Flinten. Der letzte Hase schaffte es nicht mehr ganz, sich unter den Kammerwagen zu flüchten, verendete eine Mannslänge vorher.

Georg Jennerwein, vom Anblick des Metzelns gekitzelt zunächst, fuhr erschrocken zurück. Suchte unwillkürlich den Schutz der Mutter. Ehe er ihn aber wirklich fand, war auch schon einer der Treiber heran, pfiff den zuschnappenden Hund zurück, brachte den blutbesudelten Balg an sich, schlenkerte ihn aus und spottete gegen den Zehnjährigen hin: »Pass nur auf! Nächstes Mal erwischt's dich ...«

Der Bub starrte, mit schmalen Augen; ganz wie früher, wenn er sich mit den Größeren angelegt hatte. Instinktiv spürte Maria, wie dünn der Faden jäh wieder geworden war. Sie hastete zu ihm hin, packte zu, schien ihn am geschürzten Rock bergen zu wollen; in Wahrheit hielt sie ihn, brutal fast, zurück. Der Stockbursche grinste, lief weiter, den rotfleckigen Balg jetzt in der Ledertasche. Die anderen Treiber, die Jäger überwanden die Böschung ein Stück weiter hinten. Erst als der Gries sie wieder einschluckte, kam der Zehnjährige zuckend zu sich, schüttelte er sich aus der Erstarrung. Auf den Schwarzbrotkanten, den er nach wie vor in der Hand hielt, stierte er, fragte dann: »Warum machen sie das? Warum jagen sie? Sie sind doch eh schon herausgefressen genug!«

Als nicht gleich eine Antwort kam, bohrte er die Fußspitze in den zähen Herbstlehm und setzte, schrill jetzt, hinzu: »Wir hätten's nötiger! Wir haben fast nie einen Braten auf dem Tisch! – Und ich, wenn ich ein Gewehr hätt', ich tät' den Hasen auch richtig treffen, nicht bloß am Lauf ...«

»Tu dich nicht versündigen!«, schnappte die Alte. »Das Wildern ist verboten! Das Schießen ist bloß was für die Reichen!«

Georg Jennerwein sinnierte lange, zerkrümelte dabei wie verächtlich den Bauernbrotranken. »Aber gerecht ist das nicht«, murmelte er zuletzt. »Ist nicht gerecht, gar nicht!«

»Weiter jetzt!«, drängte die Marei. »Ob's gerecht ist oder nicht, wir haben immer noch gut zwei Stunden bis Gelting!« Damit nahm sie erneut das Leitseil auf, ließ die beiden Kühe anziehen, und nachdem deren Trott wieder rhythmisch geworden war, vergaß die Mutter des Bankerts allmählich den unguten Zwischenfall und dachte wieder vorwärts: an das Sachl zu Gelting und an den Geißler, der darauf saß; ihren Bräutigam. Im späten Frühjahr war es gewesen, da war Maria die sieben Wegstunden in den Wolfratshausener Bezirk schon einmal gelaufen. Der Hochzeitsschmuser aus Großhartpenning hatte sie hingebracht, hatte ihr unterwegs viel von dem schönen Gütl an der Loisach vorgeschwärmt. Von den drei Kühen und der Kalbin im Stall hatte er berichtet; von der Muttersau auch, die im letzten Jahr siebzehn Ferkel gebracht hatte.

Einen Roggen- und einen Weizenacker gebe es, dazu etliche Bifang Kartoffeln. Jenseits des Flusses habe der Geißler auch das Holzrecht an gut dreieinhalb Tagwerk Auwald. Freilich sei eine geringfügige Hypothek auf dem Häusl, doch gerade das mache die Sache für die Haiderin so interessant. Mit ihrem Geld könne sie sich sozusagen für die Ewigkeit einkaufen in das Sachl, könne ein grundsolides Recht darauf erwerben, über den Trauschein hinaus. Sei das Anwesen dann erst schuldenfrei, sitze sie mit ihrem Buben und der Mutter auf immer abgesichert unter einem anständigen Dach. Ihr Girgl habe auch ein Erbrecht dann, ebenso wie der Hans, der dreizehnjährige Sohn vom Geißler …

Nachdem er damit einmal mehr auf den Heiratswilligen zu sprechen gekommen war, hatte der Schmuser aufgesetzt mitleidig zu lamentieren begonnen: Dass es schon wirklich eine Schande sei, was für ein Unglück der Geißler bisher im Leben gehabt habe! Dass ausgerechnet einem solch grundanständigen Menschen das Weib im zweiten Kindbett wegsterben müsse – und das zu früh geborene Balg, ein Mädchen sei es gewesen, dazu! Dass der Geißler es aber getragen habe wie ein gottesfürchtiger Christ. Dass er sich durchgefrettet habe, beinahe zwei Jahre lang, bloß den halbwüchsigen Hans an der Seite; eine Last, keine Hilfe, wenn man es genau nehme. Dass er geschinakelt habe auf den Äckern und im Wald, von früh bis spät. Keinen Rock habe er angeschaut, die ganze Zeit über, habe sich immer bloß um das Sachl und den Buben gekümmert! In der Kirche, jeden Sonntag zweimal, habe er die Kraft dazu gefunden!

Ob sich die Marei denn überhaupt einen besseren Mann vorstellen könne, hatte der Großhartpenninger dann abschließend gefragt; hatte dabei gegen sie hingelurt wie beschwörend. Und die Endzwanzigerin hatte genickt, hatte sich im Weitergehen das zukünftige Leben an der Seite des Geißler schon einmal ein bisschen auszumalen versucht.

Unter der Haustür des Gütls dann, am Geltinger Dorfrand, war er ihr zuerst doch arg schäbig vorgekommen. Auch ein gutes Stück zu alt, denn der Witwer stand bereits weit in den Vierzigern. Spät in die erste Ehe gekommen war der Geißler offenbar; weil er eben nicht gerade der Ansehnlichste war, hatte die Marei insgeheim vermutet – vielleicht aber hatten die Eltern ihm das Anwesen auch nicht zeitig genug übergeben. Gerade die genannten Mängel jedoch hatten sie nach dem zweiten Blick zu ihm hingezogen. Irgendwo war der Einschichtige durchaus einer wie sie. Hatte es auch nicht einfach gehabt im Leben, war ebenfalls derb gebeutelt worden. Flüchtig hatte die Marei noch einmal an den anderen mit der Spielhahnfeder am Hut gedacht, dann hatte sie dem

Geißler die Hand gegeben, hatte sich um Freundlichkeit ihm gegenüber bemüht.

Den Hans hatte sie kennengelernt, einen stillen, etwas verhockten Burschen; die Augen eine Spur zu müde für sein Alter. Ganz nahe beim Vater hatte der Dreizehnjährige im Herrgottswinkel unterm Kreuz gesessen, als sie den Milchkaffee getrunken und die Schmalznudeln gegessen hatten. Verstohlen hatte die Haiderin den Dunklen mit dem eigenen Sohn verglichen. Hatte sich gefragt, ob die beiden denn zusammenpassen würden. Hatte sich selber keine Antwort geben können, zumindest jetzt noch nicht; hatte sich daraufhin innerlich wieder dem Geißler selbst zugewandt. Im Lauf des Nachmittags dann waren sie sich, wenn auch zögerlich, ein gutes Stück nähergekommen. Vernünftige Sachen hatte der Witwer zu sagen gewusst; ein grundsolides Weltbild schien er sich im Lauf seines Lebens zurechtgezimmert zu haben.

»Um der Kinder willen!« Das war mehr als einmal seine Rede gewesen. Auch: »Weil wir zusammen einen schuldenfreien Hausstock haben könnten!« Einmal, als die Marei – eher im Spaß – von der Liebe geredet hatte: »Die kommt vielleicht später! Wenn's dem Herrgott gefällt! Schwanger werden müsstest du wegen mir eh nicht mehr. Das tät' ich nicht unbedingt von dir verlangen …«

Das hatte die Endzwanzigerin, ganz tief drinnen, erschreckt. Jäh hatte sie den Altersunterschied, fünfzehn Jahre mindestens, wieder gespürt. Hatte sich dann aber gesagt, dass auch das Nachdenken darüber später kommen könne. Vertrocknet war sie jedenfalls noch längst nicht; das würde sie dem Geißler schon noch beizubringen wissen, unter vier Augen, im Ehebett.

Vorerst war am wichtigsten der Ehestand selbst. Maria Jennerwein, die beinahe ihr halbes Leben immer nur herumgestoßen worden war, hatte im Gütlerhäusl zu Gelting endlich den Ausweg vor Augen gehabt. So waren sie und der Geißler sich beim Milchkaffee – kein Bierseidel, kein Schnapsstamper waren die ganze Zeit über auf den Tisch gekommen – einig geworden. »Im Herbst dann also, nach der Ernte«, hatte der Hochzeitsschmuser zuletzt den Termin festgesetzt und sich in der Vorfreude auf seinen Lohn die Hände gerieben.

»Im Herbst«, hatte die Marei bestätigt – und nun, da sie aus ihrem langen Erinnern heraus wieder in die Gegenwart zurückkehrte, lag das Loisachtal vor ihr, dem Girgl und der Mutter. Unter jetzt noch stärker zirrenverwetztem Himmel lehnte sich das Dorf, in dem sie hinfort leben sollten, an die Flussleite. Weiter nördlich schob sich zwischen Erlenköpfen und Kiesbänken der Wolfratshausener Kirchturm ins Blickfeld.

»Das ist sie«, wandte sich die neben den Kühen herlaufende späte Braut ihrem Sohn und der Alten zu. In ihren Pupillen irrlichterte dabei ein schüchternes Glänzen. »Das ist sie, unsere neue Heimat!«

***

Sie zeigte sich ihnen am nächsten Morgen, am Hochzeitstag, reichlich unfreundlich, diese neue Heimat. Beinahe bis zum Erdboden herunter ballten sich die Regenwolken über dem Voralpenland. Zwischen den Grabsteinen warfen die Pfützen Blasen, als das übertragene Paar die Geltinger Filialkapelle betrat. Die Alte hustete die ganze Zeremonie hindurch; die Söhne belauerten sich gegenseitig aus klammem Sonntagstuch heraus. Wie aufgeplusterte Krähen kauerten etliche Betschwestern, die einzige Staffage bei der ärmlichen Vermählung, in den hinteren Bänken. Der Pfarrer machte es unlustig und kurz. Noch nicht einmal zum Wirt hatte der Geißler, der Fretter, für nachher geladen. Seltsam dünn und verloren schienen am Ende die jeweiligen Ja-Worte unterm düsteren Sakralgebälk zu hängen.

»Mein Weib!«, sagte der Bräutigam wenig später; sagte es zur Marei, meinte aber die andere. Im rückwärtigen Teil des Geltinger Friedhofs, vor dem Geißlerschen Familiengrab, stand die windige Hochzeitsgesellschaft jetzt frierend. Der Gütler bückte sich, griff nach dem Thujenzweig im Weichbrunnkessel, besprengte murmelnd den zäh überwachsenen Hügel: »Gott geb' ihr die ewige Ruh', und das Licht leuchte ihr; dem Balg und den Eltern auch!« Nach ihm erfüllten Maria und die Alte den Brauch, ebenso die Buben. Drei, vier Vaterunser lang harrten sie alle zusammen noch im pladdernden Regen aus; das Hochzeitspaar unter dem schwarzen Schirm, den der Geißler trug, steif vereint. Zum Abschied von den Toten wiederum das Thujenwischen über den modrig riechenden Erdhaufen, das vor Nässe schillernde schmiedeeiserne Kreuz hin. Der Rückzug dann, hinaus ins Alltagsleben, fast wie eine Flucht; es war die Marei, Maria Geißler jetzt, die drängte.

An vereinzelten Gaffern vorbei liefen sie durchs Dorf; verlegen, fremd noch grüßten die Haider dahin und dorthin. Endlich das Gütl, das noch Unvertraute eigene Dach. Das Rumoren der Rinder im Stall schlug der Marei eine Brücke, sieben Stunden weit. Sie warf sich hinein in diese harsche Geborgenheit, kam dem Gatten, der ihr in der Kirche und am Grab seelenfern gewesen war wie nie, allmählich wieder näher beim Dunggabeln und Futterstreuen. Sie arbeitete dem Geißler zu und er ihr, bis schließlich die Alte, aus dem Fletz heraus, zum Essen rief.

Erdäpfel, Kraut und Geselchtes, abgerahmte Milch dazu. Das Zugreifen in der Rangordnung bereits, die nun für immer gelten sollte: der Kleinbauer, sein Weib, die Haider-Mutter, der dreizehnjährige Hans, der zehnjährige Georg. Über den gesenkten Köpfen, an der Balkenwand, der leibhaftige Gott, der von Säkulum zu Säkulum Festgenagelte. Kaum hatte der Hausherr den letzten Bissen verschlungen, richtete er seinen Blick auf das Schnitzwerk und begann inbrünstig zu beten. Leiernd, wie dressiert, fiel sein leiblicher Sohn ein. Ebenso die Alte, ohne weiter nachzudenken. Die Marei hingegen schien sich eher schwer in den bigotten Rhythmus zu finden. Eben noch hatte ihr das Bild vom Hochzeitsbett scheu durchs Gehirn gelichtet. Das Kitzeln einer Spielhahnfeder dazu, auch wenn sie sich's bewusst nicht hatte eingestehen wollen. Nun aber fiel sie notgedrungen ins Dumpfe zurück, von Ave Maria zu Ave Maria mehr. Keine Gnade kannte der Geißler, die Düsternis des ganzen verregneten Spätmittags hindurch. Die Marei, als sie einmal verstohlen dorthin schielte, wo der Girgl am Tisch gekauert hatte, stellte fest, dass der Bub sich verdrückt hatte.

Das Harte, das Angespannte, das Menschenferne in den Augen seines nunmehrigen Stiefvaters hatte den Zehnjährigen aus der Stube gescheucht. Wie unter einem hinterfotzigen Hieb waren ihm dessen Lamentieren und das Saufen des Großvaters früher jäh eins geworden. Hier wie dort schien ihm etwas das Innerste hundsgemein zu zwängen. So war der Fluchttrieb wieder aufgebrochen in der jungen und doch schon so arg geschrundeten Seele des Georg Jennerwein, und er war gerannt, einfach weg aus der Bedrängnis, bis die Loisach seinem Hakenschlagen unvermittelt eine Grenze gesetzt hatte.

Jetzt, angesichts des Flussrauschens und des Kieselschleifens am Grund, kam er wieder zu Atem. Fand so etwas wie ein Schutzdach unter den triefenden Baldachinen der Erlen. Kniete sich in der Nähe eines der gnomischen Knollenstämme hin, wühlte im Schlick, im Letten und fingerte einen flachen Stein ans trübe Herbstlicht. Er spuckte auf den Kiesel, rieb ihn blank, atmete tief und saugend ein und ließ den Stein urplötzlich flach wegschnalzen. Das Plattl kappte die erste Rieselwelle federleicht, schien sich dann sang- und klanglos hineinzugraben in die Loisach, fing sich aber wie aufjubelnd doch wieder und zog, sieben-, acht-, neunfach, die begeisternde Flirrbahn. Der Zehnjährige juchzte und wusste es nicht. Mit den Augen, mit der Kehle versuchte er den Kiesel weiter und weiter zu treiben. Seine Seele hieb er mental zwischen Stein und Loisachwasser, kurz vor jedem jähen Weiterschnellen. Fast schaffte er die endgültige Befreiung, den finalen Ausbruch. Doch dann kippte das Plattl, seinerseits wie hakenschlagend, unvermittelt ab; zwei, drei Meter bloß noch vor dem jenseitigen Ufer. Aus der Euphorie heraus verbissen sich die Gesichtszüge des Georg Jennerwein schlagartig wieder. Er gab aber nicht auf. Verließ den Erlenschutz und sprang auf die Sandbank. Verlor den Grund, stand im eiskalten Wasser bis über die Schnürstiefel. Bückte sich, warf den zweiten Kiesel, dann den dritten, den vierten. Verschwor seine Seele dem Teufel, so es ihm doch bloß endlich glücken würde. Nicht mehr mit Verstand und Ziel warf er jetzt, sondern feuerte Geschoß um Geschoß aus sich, ganze Garben. Er deckte die Loisach ein in einem immer mehr ausufernden Wutanfall. Und kam nicht durch, kam nicht durch, kam ums Verrecken nicht durch. Schaffte es nicht, die Mauer zu durchbrechen; die unsichtbare, die hundshäutene. Unerreichbar blieb seinen geistigen Sendungen das andere Ufer. Unerreichbar auch dann noch, als er wie hirnrissig keuchte und brüllte; als er schon bis zu den Schenkeln im eisigen Gebirgswasser stand und immer tiefer ins Grundlose geriet.

In sein Toben hinein dann, von den Erlen her, das Gellen, das Keifen: »Das wenn der Vater erfährt! Der haut dich windelweich!« Der Hans war's, der Dreizehnjährige, die Stiefsau. Der Dunkle, der Dressierte, der Eingesessene. Der Eingeborene! »Scheitelknien musst, das kann ich dir jetzt schon sagen! Dein Sonntagsgewand, das ist hin. Da wird sie eine Freud' haben, die Mutter ...«

Dieses letzte Wort war es, das den Ausschlag gab. Bis dahin hatte der Zehnjährige eher noch verdattert zum Erlenstreifen geglotzt. Jetzt aber packte ihn der Hass blutrot. Aus dem ziehenden, gurgelnden Fluss heraus schnellte sich sein magerer Körper wie von selbst. Auf die Schnauze haute es ihn, zwei-, dreimal, ehe er festen Boden erreichte. Aber aus dem letzten Sturz heraus sprang er den Stiefhammel an. Scherte sich einmal mehr den Teufel drum, dass der einen ganzen Kopf größer war. In den Schlick, in den Morast riss Georg Jennerwein den Feind; zwischen die Schenkel hieb er ihm das Knie, in die Fratze hämmerte er ihm die Faust, wieder und wieder. Als er das Blut quellen sah, lachte er. Spie aus den eigenen roten Schleiern heraus gegen das andere Rot. Schlug noch einmal zu, obwohl sich der Hans schon gar nicht mehr wehrte. Irgendwie war das jenseitige Ufer jetzt doch noch erreicht worden. »Bist nicht mein Bruder!«, fauchte der Zehnjährige. »Und sag nie wieder Mutter zu ihr!« Wenn ich einen großen Stein nähme, dachte er, könnte ich ihm jetzt den Schädel eindreschen. Doch er ließ es bleiben, rannte los, zurück zum Gütl, weil er sonst keinen Platz wusste.

Der Geißler freilich wies ihm einen zu, obwohl die Marei – »Es ist doch unser Hochzeitstag!« – für ihren Sohn bat. Unterm Angenagelten landete der Girgl erneut. Dem Jesus stak das Eisen in Händen und Füßen, dem Zehnjährigen schnitten die Scheiterkanten ins Kniefleisch. Der Schmerz bohrte sich hinein unter die Knochenscheiben, mörderisch. Ging immer tiefer, schien ihm die Beine zuletzt zu zerschneiden. Georg Jennerwein rotzte sein Heulen trotzig in den Rachen hinunter. Der andere, der mit dem Blutschorf um die Nasenlöcher, belauerte ihn aus dem Zwielicht hinterm Stubentisch heraus. Die Alte war stumm geworden wie einst unter der Fuchtel des Säufers. Das Antlitz der Marei wirkte leer, wie erloschen. Bis zum Vesperläuten litt sie stumm mit ihrem Sohn. Erst dann, nach weiterem ausuferndem Gebet, gestattete der Geißler, dass der Sünder hinauf in die Kammer humpeln durfte, ohne Abendessen. Auf dem Strohsack, unterm klammen Tuchet verkroch sich Georg Jennerwein, das Nachglühen der Scheiter noch stundenlang im Fleisch. Nicht fern von ihm schnaufte in seiner Bettstatt der Dreizehnjährige. Girgl, im Hass ungebrochen, überlegte, ob er sich den Hundsfott mitten in der Nacht noch einmal vornehmen sollte. Besonders weil aus der Schlafkammer nebenan jetzt auf einmal dieses Keuchen und Stöhnen zu vernehmen war.

An die Spielhahnfeder dachte die Marei; ganz nahe war sie ihr jetzt auf einmal wieder, und nun wehrte sie sich nicht mehr gegen die Erinnerung, sondern zerrte sie förmlich heran, wie zum Schutz. Der Hallodri nämlich, der Vater des Girgl, war wenigstens zärtlich gewesen zu ihr, damals. Der aber, der jetzt, in ihrer späten Hochzeitsnacht, gegen sie bockte, war nichts als ein Vieh. »Schwanger werden müsstest du wegen mir eh nicht mehr. Das tät' ich nicht unbedingt von dir verlangen …«, hatte er damals gemurmelt. Dass sie ihm etwas anderes beibringen wolle, unter vier Augen, im Ehebett, das hatte die Marei sich in ihrer Unschuld vorgenommen. Jetzt aber lag der Betbruder auf ihr, die grobwollenen Unterhosen in den Kniekehlen und die stinkigen Socken an den Füßen, und nahm sie her, als sei sie ein Stück Holz. Die Schmerzen erschienen der Endzwanzigerin ärger als damals, da sie den Girgl zur Welt gebracht hatte. Sie klammerte sich im Geiste fest an der Spielhahnfeder, biss die Zähne zusammen und betete ihrerseits zur Muttergottes, dass er endlich zum Ende kommen möge. Mit einem Grunzen tat er's zuletzt, rollte sich weg von ihr und ließ sie, wund am Geschlecht und wund in der Seele, allein.

***

»Wo ist mein Vater, sag's mir!« Neben einem Heuhaufen stand Georg Jennerwein, am Tag vor Allerheiligen war's, und gabelte der Mutter zu. Die Marei warf das Grummet den Rindern vor, ließ sich lange Zeit mit der Antwort. »Der Geißler ist jetzt dein Vater«, erwiderte sie endlich. Und dachte: Er hat dem Buben noch nicht einmal seinen Namen gegeben, hat sich geweigert, weil der Girgl unehelich ist.

»Der nicht!«, trotzte der Zehnjährige. »Der ist's nicht! Den hat's früher ja gar nicht gegeben! Wer ist mein Vater wirklich? Wo ist er jetzt?«

»Er ist damals gekommen nach Haid«, murmelte die Marei, »und ist dann bald wieder gegangen. Weiß auch nicht, wo er jetzt steckt. Irgendwo in der weiten Welt halt …« Ihr Blick wurde weich, sehnsüchtig. »Eine Spielhahnfeder hat er am Hut getragen, eine kecke …« Die Stimme der Frau wollte versagen, aber dann setzte sie, rauh plötzlich, noch einmal an: »Mehr kann ich dir nicht sagen. Höchstens seinen Namen könnt' ich dir noch nennen, aber was tät' dir und mir das schon helfen?! Ist so lange her, Girgl, und jetzt leben wir hier. Du, die Großmutter und ich. Zusammen mit den Geißlerschen. Müssen uns darein finden! Ob du's wahrhaben willst oder nicht. Der Geltinger Gütler ist jetzt dein Vater. Ist schon so und wird so bleiben …«

»Ist nicht so!«, beharrte trotzig der Zehnjährige, warf die Heugabel hin, floh. Fetzte wie gehetzt hinüber zur Loisach, zum Flussgurgeln, zum Kieselschleifen.

Die Marei starrte. Tät' er Geißler heißen, vielleicht wäre alles leichter, sinnierte sie. Wird aber der Georg Jennerwein bleiben. Hat auch keinen Sinn, dass ich den Frömmler darum bitte, dass er's ändert. Hat mich eh erst neulich wieder deswegen zusammengeschissen, der Bock. Advokatisch hätt' man's machen müssen, von Anfang an, wie mit dem Austrag von der Mutter. Aber ich hab's halt versäumt, bin zu dumm gewesen, dem Girgl zu Lasten. Bin ja auch bloß ein blödes Weib. Sie seufzte, drängte rüde die Rotgescheckte beiseite, überlegte abschließend: Fünf Kühe und eine Kalbin haben wir jetzt im Stall. Trotzdem wär's vielleicht besser gewesen, ich wär' mit dem Buben und der Mutter in Haid geblieben …

Nach dem Füttern trat die Marei vor die Tür, verschnaufte und spürte im feuchten Wind den Flussgeruch. Das Anwehen der Natur machte ihr das Herz wieder ein klein wenig leichter. So etwas Schönes wie die Loisach haben wir im Großhartpenninger Gau nicht gehabt, fuhr es ihr durch den Sinn. Bloß dass der Bub mehr dort draußen als auf dem Gütl ist, das bräucht's auch nicht. Und immer rennt er allein fort!

***

Dieses Alleinrennen, dieses Ausbrechen, diese Fluchten freilich waren für den Zehn-, Elf-, Zwölfjährigen überlebensnotwendig. Das Ufer zu gewinnen, den Gries, den Erlensaum war immer nur der erste Schritt. Hatte er erst einmal den Baumbaldachin erreicht, sah er das Gletschergrüne und Felsmilchige im Strudeln vor sich, dann trug es ihn unversehens fort, weit über die einzwängenden Geltinger Dimensionen hinaus. Dann hieb es ihm das Gütl weg, den Geißler und den Hans, der sein Bruder nie sein würde; dann hutschte die Loisach ihn hüpfend durch ein Himmelsloch, das nur er kannte; dann war er, von mentalen Spielhahnfedern beflügelt, frei. Lief er am eisigen Rinnen entlang, stundenweit, erreichte er Anderswelten. In denen existierte kein Betbruder und existierte auch kein Dunkler, kein Größerer; niemand mehr, der unter einem Angenagelten auf ihn lauerte. Dort existierten auch die jetzt wieder so gescheuchten Augen der Mutter nicht mehr und nicht mehr das Stummsein der Alten, das die schon bald nach der Hochzeit wieder aufgenommen hatte. Auch der Spott der Dorfkinder nicht über den Hergelaufenen, ebensowenig die Schmerzen, die sich ihm beim ersten Scheitelknien ins Fleisch, ins Bein gefressen hatten; damals und seitdem unter dem bigotten Blick des Frömmlers immer wieder. Aus alldem brach der jetzt schnell und unbeholfen Heranwachsende aus am Ufer der Loisach, auf den krummen, matschigen Pfaden dort. Seine Seele ließ er wegschnellen, wann immer sich ihm die Gelegenheit dazu bot, und jenseits all des Elends wurde der Girgl, der Ruppige, der Schläger dann von etwas ganz anderem aufgefangen.

Sein Gesicht zeigte ihm der andersweltliche, der himmlische Vater nie. Das blieb immer irgendwie von Wolken verschattet, von goldgeränderten. Das wärmte bloß, besaß aber keine Augen, keine Nase, keinen Mund, keinen Schnauzer. Dafür war aber die Spielhahnfeder da; horizontweit oft, gleich einer gleißenden Föhnbank. In allen Farben, die der Litaneienmurmler dem Girgl nicht gönnen wollte, schillerte sie. Erschütterte den Himmel wie Adlerschwingen. Und hob den Stiefsohn hinauf in die Geborgenheit der väterlichen Umarmung. Eine Umarmung ohne konkrete Berührung war es, eine rauhe, herzliche Freundschaft eher; etwas, worauf unabdingbar Verlass war. Ein Abenteuern zusammen, Seite an Seite, Segel an Segel, Büchse an Büchse – manchmal hinüber bis ins Amerika. So Feinde auftauchten, der Geißler etwa, knallte flugs der doppelte Fangschuss. Kirchtürme, Kuhställe und Kruzifixe wischte der mit der Spielhahnfeder einfach weg. War der Sieg errungen, feierte der Unbesiegbare ihn mit warmem Basslachen. Nahm denjenigen, den er geheimnisvoll erzeugt hatte, an der Hand und führte ihn weiter. Georg

Jennerwein aber, seinem verschollenen Ursprung so nahe, spürte dann den Hass aus seinem Herzen rinnen; spürte, wie all dies versickerte, irgendwo, vielleicht in der Loisach.

Eine Flucht nach der anderen also dorthin, wieder und wieder während dieser ersten Geltinger Jahre. Auf dem Geißler-Gütl, das ihm ums Verrecken nicht zur Heimat werden wollte, die Strafen dafür. Das Scheitelknien, die Schläge, dazu penetrant das »Du taugst nichts!«, das »Was hast du jetzt wieder angestellt, du Heide?!«, das »Bist denn aus einer Judenschul' entsprungen?!«, das Belfern, das Blecken, das Zischeln. Der Geißler, betwütiger denn je, kein Vater; der Jennerwein, immer verstockter, kein Sohn. Der Hans, der ihm das eine ums andere Mal als Vorbild hingestellt wurde, ständig ein Stachel im Fleisch. An der Loisach zog der Girgl infolgedessen seinen gletschergrünen, felsmilchigen Schutzpanzer um sich, kapselte sich ab mehr und mehr, führte wiederum das Bankertleben, das Hundeleben, von mentalen Panik- und Sehnsuchtsfluchten durchsetzt, während das Land, in dem er lebte, leben musste – Bayern –, mehr und mehr ins Protzen, Gleißen und einen zumindest vermeintlichen Aufschwung geriet.

***

Sein siebenhundertjähriges Bestehen feierte München in diesen Jahren; krachen ließ man es in der Residenz, bejubelte das Haus Wittelsbach, einen gekrönten Bluthund aus dieser Dynastie um den anderen. Nachträglich kroch eine bierselige Bürgerschaft noch einmal dem marianischen Maximilian in den Arsch, ebenso dem Blauen Kurfürsten; dem von Säkulum zu Säkulum allgegenwärtigen katholischen Klerus auch.

Der hatte das immerwährende Leid der zahllosen unehelichen Kinder, der ledigen Mütter, der vergewaltigten Gattinnen, der Bresthaften in den feuchten Kellerlöchern, der Rachitischen, der irgendwo angeketteten Debilen, der unschuldig Hingerichteten und widerrechtlich Gefolterten, der hoffnungslosen Knechte und krummgeschufteten Mägde, der Kriegskrüppel und Gepressten landauf, landab mit einer wahrhaft götzischen Fülle von Sakralbauten überkleistert. Der hatte den Thron am Leben erhalten und tückisch seine Altäre dazu, und nun, nachdem die siebenhundertjährige Pyramide der Blasphemie aufgerichtet worden war, beweihräucherte der Erzbischof von München und Freising ausufernd seiner Kirche und des Herrscherhauses entsetzliches Werk.

Beweihräuchert wurde auch anderes in dieser Zeit, so etwa die erste Eisenbahn, die 1859 von Nürnberg über Sulzbach und Amberg nach

Regensburg dampfte. Für die einfache Bevölkerung freilich waren die Billetts viel zu teuer; einmal mehr für die Großkopfeten hatte man konstruiert, fürs Militär dazu, um möglicher späterer blitzschneller Truppenbewegungen willen. Militärisches Denken bestimmte auch die ungeheuerliche Erfindung des Dillinger Ingenieurs und Unteroffiziers Wilhelm Bauer, welcher ein Unterseeboot zusammengenietet und seinen »Seeteufel« kurz vor dem Umzug der Familie Jennerwein nach Gelting in der Ostsee auf Grund gesetzt hatte. Während München nunmehr feierte, brütete der Waffenkonstrukteur in seiner schwäbischen Heimat bereits über neuen Plänen; ein Luftschiff schwirrte ihm im Schädel herum, Flügelbomben auch, dem vorerst noch weiß-blauen Vaterland zu Ehren.

Seine Ehre wiederum sah der bayerische König Maximilian II. im April 1859 darin, die Mobilmachung der wittelsbachischen Truppen zu befehlen. Anlass war der sardinisch-französisch-österreichische Krieg; noch freilich blieb es beim Säbelrasseln und einem mehr oder weniger friedlichen Durchzug habsburgischer Truppen durch Bayern. Irrlichternd zeichnete sich aber das spätere Gewittern von 1866 bereits am Horizont ab, schon war in Preußen Prinz Wilhelm als Regent zur Macht gekommen; ebenso hatte sich in Berlin ein »Deutscher Nationalverein« konstituiert. 1860 dann, als der Protzbau der Propyläen zu München sichtlich seiner Vollendung entgegenging, zog der Geruch von Pulver auch durch den Stadel des Gütleranwesens zu Gelting.

34

DIE JÄGERSCHLACHT

Georg Jennerwein, zwölfjährig jetzt, hatte das ausgeleierte Terzerol gegen drei mit der Schlinge gewilderte Hasen eingehandelt. Ein paar Tage lang hatte die Waffe samt der Munition in einem spinnweben-verkleisterten Winkel in der Scheune gelegen. Nun, da die anderen an diesem Hochsommertag des Jahres 1860 allesamt beim Heuen waren und auch der Girgl bloß zum Brotzeitholen zurück aufs Gütl gelaufen war, juckte ihn unwiderstehlich das Fell.

Neben der Häckselbank kauerte er, hatte auf den Weitling mit der gestöckelten Milch völlig vergessen. Stattdessen stach ihm erregend der trockene Pulvergeruch in die Nüstern. Aus dem Tütchen füllte der Halbwüchsige ein gutes Maß in den Lauf, pfropfte, da ihm kein Filzfetzen zur Hand war, mit Heu, presste mit Hilfe eines Stöckchens sodann die Bleikugel nach. Den Hahn zog er auf und brachte, mit vor Erregung zittrigen Händen nunmehr, das Zündhütchen an seinen Platz. Sein Atem flog, als er die Waffe anschlug, als er Imaginäres ins Visier nahm; den Geißler vielleicht, möglicherweise auch den Hans.

Eigentlich hatte er sich das wirkliche Schießen gar nicht gestatten wollen, vorhin, als er in die Scheune gerannt war. Hatte bloß das kühle Metall spüren wollen, die Möglichkeit, die Macht. Hatte wachsen wol-len an der Sprengkraft, die – unscheinbar wie er selbst – im Lauf lauerte. Jetzt jedoch machte sich dies alles jäh selbstständig.

Der Schuss dröhnte, ohne dass Georg Jennerwein den Abzug bewusst betätigt hatte. Es war eher ein Zusammenkrampfen der Faust gewesen, randepileptisch irgendwie. Als der Feuerblitz aufgrellte, der Rückstoß ihm das Handgelenk stauchte, verspürte der Zwölfjährige, gleichzeitig mit dem Schock, reinstes Entzücken. Wie nächtens jetzt gelegentlich, nach dem heimlichen Wetzen unter der Bettdecke. Etwas zutiefst Ange-stautes und Verspanntes pulste, zuckte zusammen mit dem Explosions-knall aus ihm; der Grauäugige schrie gurgelnd, während die Kugel an der gegenüberliegenden Wand in ein Fichtenbrett fetzte.

Ganz wie beim Wetzen dann aber sofort das entsetzliche Zurück-schrumpfen der Euphorie. Nicht eklig-feucht freilich, sondern als herz-beklemmender Fünkchenregen. Das Heu, mit dem der Leichtsinnige gepfropft hatte, es hatte den verheerenden, mückenfeinen Glühschleier durch den zundertrockenen Raum gezogen. Jetzt, während das Einschussloch selbst bloß bräunlich verfärbt war, sprotzelte und knisterte es anderswo an einem Dutzend Stellen zugleich auf. In verstreuten Grummetresten fing sich die fiedrige Glut, in vergessenen Häckselhäufchen, im abgemorschten Holzstaub der Tenne. Fing sich, fraß sich fest, züngelte wenige Lidschläge später da und dort schon spannenhoch. Der Zwölfjährige, Hiebe, Holzscheiter und hasserfülltes Zischeln schwirrten ihm durch den Schädel, stürzte sich in Panik auf die Flammenherde und begann verzweifelt zu kämpfen.

Das Pfoad riss er sich vom Leib und schlug auf das Knistern, Sprotzeln und Fauchen ein. Barfüßig trampelte er gleichzeitig gegen die Glühhitze an. Das eine Züngeln würgte er ab, bloß dass anderswo wieder ein neues aufsprang. Er warf sich hin, wälzte sich und trug so seine halbnackte Haut zu Markte. Die Brandblasen blühten ihm halbdutzendfach auf im Handumdrehen. Aber er schaffte es, löschte ab, was auf der Tenne nach ihm biss und nach dem gesamten Gütl schnappen wollte.

Jetzt noch weg mit dem Terzerol – und dann nichts wie zurück auf die Heuwiese, dachte er keuchend. Und: Was sag' ich bloß den anderen, weil das Pfoad hin ist?!

Und dann, in sein nachwummerndes Erschrecken hinein, der neuerliche Funkenregen. Das Brett, in das die Kugel eingeschlagen hatte, barst förmlich weg; hinterfotzig in die Stadelhohlwand hatte sich das Feuer dort eingefressen. Hatte Zeit gewonnen, während der Zwölfjährige lediglich marginal gelöscht hatte, und nun hämmerten der Rauch und die Hitze wie mit Hammerschlägen gegen ihn heran. Heulend jetzt, rotzend, nahm er den Kampf noch einmal auf. Wieder mit dem versengten Hemd, dann mit bloßen Fäusten, als er versuchte, die brennenden Planken vom Balkenwerk zu reißen. Trotz allem wuchs ihm das Fauchen über den Kopf – und dann wurde er plötzlich gepackt, ein brutaler Hieb ließ ihm die Lippe aufplatzen; er kam zu Fall.

Der Geißler, mit ihm der Hans und die Marei, hatten den Rauch von der Heuwiese aus gesehen und waren jetzt gerade noch rechtzeitig gekommen. Axtschläge krachten, Wassergüsse klatschten und zischten die Brunst endgültig weg. Auf allen vieren kroch der Zwölfjährige ins Freie, wartete zitternd in der Nähe des Dunghaufens ab. Zuletzt verzog sich der Qualm, und nur das hässliche, splittrige Loch, mannshoch, in der Scheunenwand blieb zurück. Und aus dieser Höllenpforte heraus der Geißler, heiligen und erschreckend gerechten Zorn im Gesicht.

Gerade dass er der Marei noch gestattete, die Brandwunden des Halbwüchsigen notdürftig zu versorgen. Und dass er nicht mit dem Lederriemen ins geschundene Fleisch des Girgl hineinschlug. Aber das

Scheitelknien bis tief in die Nacht hinein ersparte er ihm nicht. Und auch nicht das Fasten: »Sieben Tage lang, du Teufel, bei Wasser und Brot!« Und den Bettsack nahm er dem Zwölfjährigen weg und ließ ihn in seinen Wundschmerzen auf den nackten Brettern allein. Auch starrte der Geißler immer wieder auf den Kasten, wo er das aufgefundene Terzerol eingeschlossen hatte, und zischelte, keifte dabei: »Ein Verbrecher ist er! Ein Mörder! Im Zuchthaus wird er enden! Oder es kommt noch schlimmer mit ihm!«

Und die Marei, die fragen, vielleicht sogar trösten wollte, ließ er nicht an den Buben heran. Machte vielmehr auch ihr das Leben zur Hölle, weil sie ihm den Falotten ins Haus gebracht hatte. Hielt ihr von da an und bis an sein Lebensende tagtäglich den Bankert vor. Hielt seinen eigenen, wohlgeratenen Sprössling dagegen. Den Hans, fünfzehn erst, aber schon so zuverlässig wie ein Ausgewachsener. Gottgefällig und fromm dazu. Während man den Hundsteufel schon immer in die Kirche habe prügeln müssen. Da siehst du's, sagten die Augen des Dunklen höhnisch, wenn der Girgl Abend für Abend auf seinem Scheit litt. Ich bin der Sohn, du nicht. Und der Zwölfjährige begann ohne Reue an den Scheunenbrand zu denken, begann auch nach dem Terzerol zu gieren, an das er jetzt ums Verrecken nicht mehr herankommen konnte. Dass er dem Hans und dem Geißler ohne Bedauern eine Kugel zwischen die Augen jagen könnte, redete er sich ein. Das malte er sich aus während seiner barbarischen Pönitenz. Zuletzt aber, nachdem zumindest seine körperlichen Wunden zu vernarben anfingen, begann ihm eine andere Rachemöglichkeit durch den Schädel zu irrlichtern.

**

Silbrig unterm tiefhängenden Mond gurgelte die Loisach daher. Drüben, am anderen Ufer, reihten sich die Heumandl gleich schemenhaften Gnomen. Georg Jennerwein, im Rucksack den entwendeten Brotlaib und das Geselchte, atmete unsäglich befreit ins zaghafte Windstreichen hinein. Dann nahm er entschlossen seinen nächtlichen Weg unter die Füße; weg von daheim, in die Fremde, für immer.

Flussaufwärts lief er meilenweit bis zum Morgengrauen. Fand in der Nähe von Iffeldorf einen hohlen Erlenstamm und verkroch sich darin. Bis gegen Mittag schlief er wie ein Tier im Mulm, aß später heißhungrig, schöpfte sich Wasser aus der Loisach, rußelte und dämmerte wiederum bis zum Abend. In der zweiten Nacht erreichte er die Gegend bei Kochel am See. Unter dem Mond stand schattenrissig die Benediktenwand, wuchs sachte empor, je näher er kam. Im Sonnenaufgang dann leuchtete ihm der Berg wie ein Fanal. Das Lichtglühen, schartig auf dem Kamm, schnitt ihm wie eine ungeheuerliche Befreiung ins Herz. Dort hinauf! dachte er – und dachte gleichzeitig schon gar nicht mehr an Gelting. Eine Freiheit rief ihn, die er bislang nur aus der Verzweiflung heraus hatte erahnen können. Am liebsten wäre er hinaufgestürmt, in einem Anlauf bis auf den höchsten Gipfel. Doch dann wummerte ihm, zusammen mit der Erlösung, urplötzlich die Müdigkeit durch den Körper, durchs Gehirn, und er schlief ein in einem Findlingsschatten, während die Sonne über dem Kochelsee zu brennen begann.

Als sie ihn wiederum gegen Mittag weckte, fand er es nicht länger nötig, sich vor den Menschen zu verbergen. Unendlich weit entfernt kam ihm nunmehr das Geißlersche Gütl vor; in einer ganz anderen Welt schien es ihm zu liegen, in einer alptraumhaften. Doch hier, über dem Seespiegel, der Berg. Die Verheißung mit Matten und Karen und ganz oben den unbändigen Schroffen. Georg Jennerwein, kaum hatte er ein paar Bissen zu sich genommen, ging die Benediktenwand entschlossen an.

Er folgte einem Pfad, der von Jägern, Sennen und Gebirgsrindern ausgetreten worden war; von nächtlich ziehendem Rotwild gelegentlich vielleicht auch. Drunten spiegelte sich der See im Lauf des Nachmittags tiefer und tiefer ins Land. Einmal hörte der Halbwüchsige ein Murmeltier pfeifen, sah es blitzschnell wegwischen. Wie ich, dachte er; mich fängt auch keiner mehr ein! Als die Sonne schon tief über dem jenseitigen Ufer des Kochelsees stand, erblickte Georg Jennerwein die Almhütte. Auf dem steindurchtrümmerten Weidegrund begannen die braunen Rinder gerade das Grasen einzustellen und sich gemächlich zur Tränke und zum Melkplatz hinüberzuziehen. Der Zwölfjährige folgte den Tieren, und der Senn, ein Alter, Verwitterter, dem die Nase wie ein Habichtsschnabel im Bartgewirr stand, blickte ihm ohne Arg entgegen.

Es war ein wortloses Zusammenkommen, ein gebirglerisches eben. Ein Raunzer des Grauen, ein schüchternes Lächeln und Nicken des Jungen, dann schnappte sich Georg Jennerwein ein Schaff und einen Schemel. Das Melken hatte er gelernt, zu Haid und zu Gelting. Jetzt bewies er es dem Almhüter; schon nach wenigen Strichen nickte der Habichtsnasige und nahm sich seinerseits die nächste Kuh vor. Wortlos, nur gelegentlich mit einem Zwinkern hin und her, arbeiteten sie Seite an Seite bis zum Einbruch der Nacht. »Eine Vesper und ein Lager im Heu hast dir ehrlich verdient, Bub«, sagte der Senn zuletzt. Dankbar folgte ihm Georg Jennerwein in die Hütte.

Nachdem sie die letzten Reste Bratkäse und Brot aus der gusseisernen Pfanne gekratzt hatten, wollte der Hirte wissen: »Wo kommst denn her, Bürscherl?«

»Aus dem Waisenhaus von Wolfratshausen. Aber das ist abgebrannt«, log der Zwölfjährige. Er hatte sich die Antwort zuvor nicht zurechtgelegt gehabt; wie von selbst war sie ihm auf einmal durch den Schädel geschossen. »Da bin ich bis ins Gebirg' gelaufen«, setzte er hinzu. »Weil ich geglaubt hab', dass ich hier Arbeit finden könnt'. Weil ich was versteh' von den Rindviechern. Eh' mein Vater und meine Mutter verstorben sind, haben wir selbst ein Gütl gehabt. Fünf Küh' und ein Kalb im Stall …«

Der Habichtsnasige beutelte erschüttert den Schädel. War naiv geworden, was die Welt außerhalb seiner Einsamkeit anging, glaubte dem Grauäugigen deswegen jedes Wort. »Den Herrgott, manchmal versteht unsereiner den nicht«, murmelte er. »Auf jeden Fall, dass du das Zeiteln kannst, hab' ich gesehen. Hätt' auch einen Buben nötig auf der Alm. Bloß der Bauer, der Notnickel, hat mir keinen erlauben wollen in diesem Jahr. Kannst also gern dableiben von mir aus. Wenn du mit dem Essen allein zufrieden bist. Weil, einen Lohn …«

»Brauch' keinen Lohn«, unterbrach ihn Georg Jennerwein. »Brauch' nicht mehr als das, was du mir geben kannst. Ist immer noch viel besser als im Waisenhaus!«

»Dann geh und hol uns einen Weitling Milch herein«, erwiderte der Alte mitleidig.

✳✳✳

»Sommerfrischler!«, sagte der Senn ungefähr eine Woche später verächtlich. »Die saufen die Milch ohne Sinn und Verstand. Gradso, als ob sie's vom Himmel regnen tät'. Von der Arbeit, die dranhängt, haben sie keine Ahnung. Gschwerl, elendiges!« Er stierte zur Bank hinüber, wo die Urlauber aus München lärmten. Drei Männer und zwei ziemlich herausgeputzte Frauen. Dazu der Bergführer, den sie unten in Kochel gemietet hatten. »Noch nicht einmal auf eigenen Füßen können s' stehen, im Gebirg'«, fuhr der Alte fort. »Einen Leithammel brauchen s', die Narren!«

»Werden bald wieder verschwunden sein. Haben vorhin eh gesagt, dass sie sich vor einem Unwetter fürchten«, grinste der Girgl.

Da musste der Senn wider Willen lachen. »Ein Gewitter gibt's heute bestimmt nicht, bei dem Himmel«, schnaubte er. »Das hat ihnen der

Bursch aus Kochel bloß weisgemacht. Weil er ins Wirtshaus will, seinen Lohn versaufen. – Aber uns soll's recht sein, wenn sie bald wieder weiter sind. Besonders weil ich mein', dass sich heut noch der Gangerl auf der Alm zeigt ...«

»Der Gangerl?« Georg Jennerwein hatte das unterschwellig Bedeutungsvolle in der Stimme des Habichtsnasigen ganz genau erspürt. Näher schob er sich an seinen Gönner heran. Aber der Hirte erwiderte bloß: »Wirst's schon sehen, was das für einer ist! Wirst's schon merken, Girgl ...«

Wenig später zogen die Sommerfrischler in der Tat ab, und alsbald düsterte sich über dem Kamm der Benediktenwand der Himmel ein. Die Gedanken des Georg Jennerwein flirrten zwischen dem Gangerl und den Urlaubern hin und her. Einer der Münchner hatte versucht, ihn auszufragen: »Was treibt ein Kind wie du im wilden Gebirge? So, eine Waise bist du! Aber müssten sich da nicht die Behörden um dich kümmern? Oder die Kirche?« Das war das eine gewesen, und der Zwölfjährige hatte plötzlich Angst verspürt, dass sein Schwindel irgendwie auffliegen könnte. Auf einmal war die Beklemmung wieder dagewesen, die Furcht vor dem Geißler; ein wehes Ziehen jäh auch, wegen der im Stich gelassenen Mutter. Aber mit Hilfe des geheimnisvollen Gangerl hatte der Halbwüchsige das Unbehagen wieder verdrängt, zumindest für eine Weile. Bis es eben doch wieder zurückgekommen war. Jetzt überschattete das eine wechselseitig das andere: das Angstflattern im Magen die Neugierde – und umgekehrt.

Das hielt an, bis der abnehmende Mond drüben über der Jachenau in die Latschen zu sicheln schien. Auf der Ofenbank hatte der Senn schmaläugig vor sich hin gebrütet, jetzt fuhr er plötzlich auf. Einen Lidschlag später vernahm auch der Girgl das Schleichen draußen. Heiß schoss ihm etwas durch die Adern und verscheuchte das andere; im selben Augenblick wurde die Tür aufgedrückt, schob sich ein Schatten herein. Ruß im Gesicht hatte der Gangerl und eingetrocknete Blutflecken an der Kotze. Als er den Zwölfjährigen erblickte, ruckte sein kurzläufiger Stutzen natternschnell hoch. Unwillkürlich wich Georg Jennerwein zwei, drei Schritte zurück. Hörte aber dann den Senn rufen: »Der gehört jetzt hierher! Der hält schon sein Maul!«

»Wenn du's sagst!« Der Gangerl stellte die Büchse ab, aber in Reichweite. Warf die Kotze über die Kaminstange, zerrte sich den Rucksack vom Buckel. »Einen Schlegel vom Bock für dich«, wandte er sich an den Habichtsnasigen. »Dafür lass' ich das andere ein paar Tage lang in der Steingrube draußen. Damit ein bisschen Gras drüberwachsen kann.«

40

Er lachte. »Drüben am Hinterbichl hat das Prachtstück gestanden. War ein sauberer Schuss, da verreckst!«

»Mitten ins Blatt«, bestätigte der Alte wenig später sachverständig, während der Wildschütz den Gamsschlegel auslöste. Als er das Messer schlitzen sah, weiteten sich die Nüstern des Georg Jennerwein erregt. An eine andere Jagd dachte er, bei Tattenkofen, vor ein paar Jahren. Damals hatte er gegen die schießwütigen Großkopfeten, die Herausgefressenen aufbegehrt, hatte sich gewünscht, selbst ein Gewehr zu führen. Jetzt, aus der Sichelmondnacht heraus, war einer gekommen, der hatte genau das gewagt. Hatte sich das Gesicht eingeschwärzt, den Stutzen genommen und den Fangschuss angebracht. Teilte jetzt die Beute mit ihm und dem Alten. Ließ den Reichen kein Köttel zukommen, aber den Armen einen ganzen Schlegel. »Du!«, machte sich der Girgl an den Wilderer heran. »Du, wenn ich groß bin, will ich so einer werden wie du!«

»Bis dahin musst noch zwei oder drei Spannen wachsen«, gab der Gangerl, aufgeräumt nunmehr, zurück. »Jetzt schau erst einmal, dass du den Schlegel gut versteckst. Am besten auf dem Heuboden droben!«

Der Zwölfjährige gehorchte; mit dem nun dreiläufigen Bock verschwanden der Senn und der Gangerl nach draußen. Nachdem alles Wildpret vor den Augen möglicherweise nachsuchender Jäger verborgen war, stellte der Alte die Enzianflasche auf den Tisch. Der Girgl, unter der entsetzlichen Fuchtel eines Säufers aufgewachsen, zuckte zunächst innerlich zurück. Dann aber, als er merkte, dass das Trinken hier auf der Alm anders ablief, rückte er den beiden Männern seelisch wieder näher, fühlte sich zuletzt sogar geborgen im Lärmen und herben Gebirgskräuterdunst.

»Jedes Jahr fünf, sechs Böck', die bringt der Gangerl schon zusammen«, polterte der Senn. »Steigt höher hinauf als die Jäger, lockt sie auf die falschen Fährten, und dann wischt er ihnen eins aus. Knallt ihnen die Krickel weg vor der Nase. Auf den Almen heroben, in den Dörfern unten haben die Leut' dann das Fleisch im Topf. Diejenigen, die der Gangerl mag, fressen's umsonst. Dafür zahlen aber die Urlaubsgäste kräftig, denn den einen oder anderen Wirt, der die Hand nicht umdreht, kennt der Gangerl selbstverständlich auch.«

»So muss es auch sein«, lachte der Wildschütz. »Bloß auf diese Weise gibt es eine Gerechtigkeit. Freilich war's früher mit dem Freischießen noch viel besser als heutzutage. Im ganzen Gebirg', von Partenkirchen bis Tölz hinüber, bin ich eh schon fast der einzige, der sich noch traut.« Seine Augen verdüsterten sich; er stierte ins Schnapsglas, setzte dann dumpf hinzu: »Mich wenn einmal ein Jägerblei erwischen tät', mich tät' keiner rächen. Wär' nicht mehr so wie im 33er Jahr im Grund bei Gmund am Tegernsee ...«

Rächen! Noch hellhöriger als ohnehin schon hatte dieses eine Wort den Girgl urplötzlich gemacht. Ohne dass es ihm wirklich bewusst wurde, umklammerte er den Unterarm des Eingeschwärzten. »Wovon redest du? Was meinst du damit?«, sprudelte es aus ihm heraus.

»Um die Jägerschlacht geht's«, murmelte der Senn fuselselig. »Damals haben es die Kleinen den Grünröcken gezeigt. Da sind etliche große Adelsherren im Dreieck gesprungen. Weil sich alles ausgerechnet im Wittelsbacher Revier zugetragen hat. – Auf geht's, Gangerl! Erzähl dem Buben, wie's gewesen ist, damals am Tegernsee drüben!«

Der Wildschütz von Kochel brauchte noch einen Stamper, ehe er begann: »Den Mentenseppei hat man ihn geheißen, ein junger Bauernbursch war's, aus Hausham. Der hat halt auch einmal einen Braten haben wollen und hat sich deswegen einen geschossen. Hat aber Pech gehabt und wenig Erfahrung. Hat den Revierförster Johann Mayr aus Gmund nicht gesehen, wie der ihm nachgeschlichen ist. Und der Mayr hat den Seppei gestellt, hat ihn angerufen, und dann hat der arme Bauernbursch den zweiten Blödsinn gemacht. Hat das Gewehr angeschlagen, obwohl er gar keine Kugel mehr im Lauf gehabt hat. Der Jäger aber hat scharfgeladen gehabt, und so hat's den Seppei in den Schnee geworfen, tot ...«

»Und der Herrgott sei seiner Seel' gnädig, nicht aber der des verfluchten Jägers!«, raunzte der Senn. In der Rage schob er dem Zwölfjährigen das Enzianglas zu; der Halbwüchsige stutzte, trank, hustete, fühlte sich gleich darauf unendlich warm und geborgen. Ins Schlieren, das ihm plötzlich durchs Gehirn waberte, drang erneut die rauhe Stimme des Gangerl: »Für die Strafe am Mayr hat's keinen Herrgott gebraucht! Weil der Seppei sieben Freunde gehabt hat. Sieben gestandene Mannsbilder, die sich einen Dreck um die Gesetze der Großkopfeten geschissen haben. Wär's nach den Paragraphen gegangen, dann wäre der hinterlistige Hund wahrscheinlich ungeschoren davongekommen. Aber die sieben Bauernburschen haben das Recht lieber in die eigenen Hände genommen ...«

Georg Jennerwein, den Schnaps im Blut, das Flirren, Rauschen und phantastische Ausufern im noch halbkindlichen Schädel, meinte auf einmal, alles leibhaftig vor sich zu sehen, was der Wildschütz jetzt weiter von sich gab. Ein Novembertag in jenem Jahr 1833 wurde ihm lebendig, ein Hochtal in den Tegernseer Bergen, wo der Wald eher schütter stand. Der Girgl erlebte mit, wie das Gerücht ausgestreut wurde, dass in jenem Tal im Grund bei Gmund eine Wilderertreibjagd stattfinden solle. Als der Revierförster Mayr seinen starken Hund anleinte, seine beiden Gehilfen Johann Probst und Nikolaus Riesch alarmierte, bebte Georg Jennerwein gleich den sieben in der rebellischen Vorfreude. Auf den Grund sah er die drei wittelsbachischen Jäger ziehen, sah gleichzeitig die vermummten Burschen im windverworfenen Wald lauern. Und dann der Waldhofer Hansl frech aus dem Forst, mit dem Stutzen unterm Arm und dem Ruß im Gesicht, und der Schweißhund von der Leine und auf den Hansl zu.

Durchs Enzianwabern das Zuschnappen des Viehs. In Arm und Brust des Hansl verbissen der Rüde, und dann waren auch die Jäger da, die noch viel gefährlicheren Sauhunde. Ehe die aber den Lockvogel zu packen vermochten, aus dem Hinterhalt heraus die anderen sechs Rächer. Die hatten keine Schusswaffen bei sich, aber mordsmäßige Prügel. Und diese Keulen schnalzten jetzt gegen den Mörder und seine Komplizen, droschen ihnen die Büchsen aus den Händen und droschen ihnen ins Fleisch, bis es platzte, droschen weiter, dass die Knochen krachten, splitterten. Beim Kampf auf Leben und Tod mischte der Girgl mental mit; die Fratze des Försters und die des Geißler wurden ihm unversehens eins. Im eigenen Blut blieben die Gmunder Jäger zuletzt liegen, färbten mit ihrem Saft den Schnee ein, grellrot; fürchterlich hatte es den Mayr erwischt, der röchelte jetzt bloß noch. Überhaupt kein Lebenszeichen mehr gab der Riesch in seiner Ohnmacht von sich. Der Probst krümmte sich wimmernd.

Die Rächer flüchteten, vom Talboden herauf schlichen etliche ältere Bauern heran. Weil sie in ihrer Barmherzigkeit nicht anders konnten, brachten sie die Jäger heim. Der Riesch, aus seiner Bewusstlosigkeit erwacht, rappelte sich noch einmal auf die Beine, fiel einen Atemzug später tot um. Der Probst kam später wieder auf. Der Revierförster Mayr, der Meuchelschütze, kämpfte vier Monate lang im Spital um sein Leben, dann begrub man auch ihn. Die sieben wurden nach und nach festgesetzt, verrieten aber nichts, hielten zusammen wie Pech und Schwefel und mussten zuletzt freigesprochen werden.

»Und so ist's zu einer höheren Gerechtigkeit als der wittelsbachischen gekommen«, lallte der Gangerl über die Enzianflasche hin. Georg Jennerwein, aus seiner Rauschvision herausschauernd, nickte begeistert. Der Wildschütz, mit seiner Geschichte, hatte ihm das schönste und erregendste Geschenk seines jungen Lebens gemacht. »Ich, wenn ich damals schon gelebt hätte, ich wär' dabeigewesen!«, sagte der Halbwüchsige mit schwerer Zunge.

»Ich glaub's dir, wegen der Wut in deinen Augen«, erwiderte der Gangerl.

»Und jetzt schütten wir noch einen drauf«, forderte der Senn.

»Auf die Freischützen von Gmund! Weil sie sich nichts haben gefallen lassen!«

Und wieder das Fuselbrennen in der Kehle des Zwölfjährigen; dann, plötzlich, wusste er von gar nichts mehr. Spät am nächsten Morgen, als Georg Jennerwein mit dröhnendem Schädel zum Brunnen wankte, war der Gangerl längst wieder verschwunden. Das Faszinierende aber, das von dem Geschwärzten ausgegangen war, blieb dem Girgl im Schädel und im Herzen haften; auch dann noch, als er wieder klar und nüchtern zu denken vermochte.

∗∗∗

Drei Tage waren ihm auf der Alm noch vergönnt, der eine oder andere Bissen schwarz geschossenes Wildpret dazu. Dann tauchte plötzlich der Gendarm von Kochel auf dem Weidegrund auf. Der Senn und sein Gehilfe befürchteten zunächst, dass vielleicht einer den Gangerl verraten hätte, dass man deswegen jetzt auch ihnen ans Leder wollte. Doch statt dessen packte der Uniformierte den Girgl am Kragen, beutelte ihn und herrschte ihn an: »Zu Gelting, von deinem Stiefvater, bist ausgerissen, gib's zu!«

Die Urlauber aus München hatten den Zwölfjährigen hingehängt, unten im Tal. Wenig später war dann auch der Steckbrief aus Wolfratshausen gekommen. Georg Jennerwein versuchte das Leugnen erst gar nicht. Es hätte alles nur noch schlimmer gemacht. Er bettelte bloß, dass er nicht heimmüsse, dass er auf der Alm bleiben dürfe.

Dies konnte der Gendarm nicht gestatten. Während der verdatterte Hirte sich einmal mehr aus der Enzianflasche stärkte, führte der Uniformierte den Zwölfjährigen ins Tal. Per Schub brachte ein anderer Büttel den Buben nach Gelting zurück. Ein Heimkehren war es beileibe nicht, eher ein Zurückstürzen in die Verzweiflung. Da half es auch nicht, dass sich der Girgl tief drinnen in der Seele doch über das Wiedersehen mit der Mutter freute. Denn in der Stube wartete drohend schon der Angenagelte. Und unterhalb des Geschundenen, auf den Dielen, die Scheiter. Der Lederriemen des Geißler auch, als der Uniformierte nach ausufernden Ermahnungen wieder verschwunden war. Und der böse Spott in den Augen des Hans.

Georg Jennerwein, während er abgestraft wurde wie nie zuvor, rettete sich zurück in den Enziandunst, in die Erinnerung an den Gangerl und an die Jägerschlacht. Während ihm die Geißlerschen Litaneien und mörderischen Erziehungsmaßnahmen ins Fleisch bissen, brachte er eigenhändig den hundsgemeinen Mayr tausendmal um.

Später dann, als er es überstanden hatte, als er bloß noch der Aussätzige war, schwor er sich, dass er wieder weglaufen würde. Bloß vierzehn Jahre alt musste er erst werden. Das war die Schwelle, über die er hinweg musste. Denn mit vierzehn war es üblich, dass sich die Armeleutekinder auswärts im Taglohn verdingten.

Im fränkischen Bamberg hockte der Griechenkönig plötzlich und glotzte dumm aus der seidenen Wäsche. Die Hellenen hatten Otto, dem Sohn Ludwigs I. von Bayern, das Scherbengericht bereitet, hatten ihn nach dreißigjähriger Fremdherrschaft zum Teufel gejagt. Während einer Lustreise des Gesalbten über den Peloponnes war es geschehen; der Militärputsch war schnell und leidlich unblutig über die Bühne gegangen. Zwischen Alpen und Main, nachdem der Abgehalfterte vergrätzt eingetroffen war, schimpfte man an den Stammtischen auf die hinterfotzigen Ausländer: »Undankbares Gschwerl! Gesindel! Ketzerbrut, griechisch-orthodoxe!« Dank des geschassten Wittelsbachers hatte das Volksempfinden in diesem Herbst 1862 endlich wieder einmal rassefremde Prügelknaben gefunden.

Ins Exil, allerdings ins ersehnte, war in diesem Jahr auch der Prügelknabe von Gelting gelangt. Gleich nachdem der Märzwind zu pludern begonnen hatte, hatte er das Gütl ohne das geringste Bedauern verlassen. Tückisch belfernd – »Ist das jetzt der Dank?!« – hatte der Geißler es hingenommen, hämisch der Stiefbruder, mit wehen Augen die Mutter. Von der Alten hatte der Girgl sich im Vorbeistreichen am Friedhof verabschiedet. Dann hatte er bloß noch danach getrachtet, dass ihm das verhasste Nest endlich aus den Augen gekommen war.

Nach Osten war der Vierzehnjährige gewandert, wie unter einem Zwang seiner allerersten unglückseligen Heimat zu. Zu Haid dann waren ihm die Lippen jäh dünn und blutleer geworden. Das Häusl, in dem der Großvater sich zu Tode gesoffen hatte, war halb zur Ruine geworden. War ganz offensichtlich vom Regen in die Traufe geraten. Einen Buben hatte Georg Jennerwein erspäht, der hatte noch abgerissener gewirkt als damals er selbst. Eigentlich hatte er einsprechen wollen unter dem noch immer so seltsam vertrauten fremden Dach. Aber dann hatte er es lieber gelassen, war weitergelaufen, über Großhartpenning hinaus und in die Nacht. Und war trotzdem, vom Frühling bis zum Herbst, nicht losgekommen von der eigenen erschütternden Vergangenheit, von der Kindheit.

Im Taglohn, wiederum wie früher, zu Dietramszell, Schlickenried, Linden, Erlach und Otterfing. Später im Jahr dann das magere Brot zu Föching und Valley. Jetzt, da ausgedroschen war, hatte der Bursche zumindest ein bisschen Geld im Sack. Auf der anderen Seite dräute allmählich der Winter; die faule Zeit schickte sich an, auf den Dörfern Einzug zu halten; die Monate, in denen die Bauern keine Tagelöhner brauchten, in denen sie auf das Gesocks spuckten.

Im Wirtshaus zu Valley hockte der Girgl, vor einem Krug Scheps. Rief sich versuchsweise den Weg zurück nach Gelting ins Gedächtnis. Schreckte aber dann doch davor zurück, unterm höhnischen Keckern des Geißler zu Kreuze zu kriechen, buchstäblich. Auch wenn er sich jetzt, da die Nebel zuzeiten schon so grauenhaft tief hingen, oft nach der Mutter sehnte. Weihnachten vielleicht, dachte er, und bis dahin muss ich irgendwo noch ein anderes Brot finden. Er trank, trotzig; als er den Steinkrug wieder absetzte, flog die Tür auf, und in die verräucherte Gaststube polterten drei, vier Holzknechte. Die Kellnerin, bisher eher missmutig an diesem tristen Novembertag, gab sich auf einmal aufgekratzt. Überschäumende Masskrüge schleppte sie herbei. Geselchtes, Brot; bald auch tänzelte sie mit der Enziankruke heran. Vom Flößen auf der Mangfall hörte der Vierzehnjährige die Schnauzbärtigen, die Lederbehosten schwadronieren, von Weibern erzählten sie, von Besäufnissen, dann auf einmal vom Baumfällen weiter südlich im Gebirge. Auf die Äxte und die Zugsäge schielte der Girgl; auf das ungeheuerliche Werkzeug, das im blinkenden Bündel neben dem Türstock lehnte. Zuletzt, als die Holzknechte schon ziemlich rauschig waren, fiel unvermittelt das Zauberwort: Gmund.

Den Gangerl meinte der Vierzehnjährige wieder vor sich zu sehen, den habichtsnasigen Senn dazu; im Schädel aber begann ihm unwiderstehlich eine wilde Geschichte zu schwirren. Von seinem Katzentisch drängte, trieb es ihn hinüber zu den poltrigen Zechern; erst schlug ihm bloß das Nichtbeachtetwerden entgegen, als er sich mit seinem Schepskrug auf die Bank zwängte, aber dann wurden die Holzknechte jäh aufmerksam auf ihn, weil es nämlich wie gehetzt aus ihm heraussprudelte: »Nach Gmund geht ihr?! Wo die Jägerschlacht war!«

»Schaut euch den vorlauten Burschen an!«, versuchte einer der Dreibastigen ihn zu kitzeln. »Was weißt denn du von der Sach', du Springginkerl?«

»Hab' einen gekannt, der hat's mit eigenen Augen gesehen, wie sie sich am Förster und seinen Jägern gerächt haben«, log der Girgl. »Gangerl hat er geheißen und war von Kochel drunten …«

»Von dem hab' ich auch schon einmal läuten hören«, versetzte ein anderer der Holzknechte. »Kellnerin, eine frische Mass für den da! Der ist der Freund von einem Freischützen!« Er lachte meckernd, hieb dem Halbwüchsigen derb auf die Schulter. »Aber ehrlich verdienen musst du dir das Bier schon, gell! Ganz genau wollen wir's jetzt einmal von dir wissen, wie's damals im Grund bei Gmund abgelaufen ist!«

Georg Jennerwein ließ die Männer freilich noch zappeln. Wartete zunächst die Rückkehr der Kellnerin ab, stärkte sich dann ausgiebig aus dem spendierten Krug. Der Scheps vorhin hatte kaum Wirkung gezeigt, doch nun hämmerte ihm der weiche alkoholische Schlag jäh durchs Gehirn. Und löste die Bilderflut aus, ganz wie damals auf der Alm. Der Vierzehnjährige malte den Holzknechten das Bild aus seiner fundamentalen Wut auf alle Großkopfeten, auf alle Respektspersonen, auf alle Obrigkeit. Die Wildschützen stellte er mit begeisternden Worten als Helden dar; die Jäger ließ er nicht nur in der Agonie, sondern in wahren Blutsümpfen sich wälzen. »Verrecken müssen sie eines Tages alle!«, schloss er. »Nicht bloß die vom Tegernsee, sondern auf der ganzen Welt! Im 33er Jahr ist's schon angegangen! Das merkt euch, weil, so hat's der Gangerl gesagt!«

Der Beifall war ihm gewiss. Zielsicher ins Unterschwellige hinein hatte er bei den halbanarchischen Holzknechten getroffen. Den uralten bajuwarischen Drang nach Rebellion hatte er gekitzelt. Hatte die Geschichte völlig überzeugend aus sich herausschleudern können, weil er im Grunde gar nicht den Mayr, den Probst und den Riesch gemeint hatte, vielmehr den Geißler, den Hans und die Saubauern, bei denen er in diesem Jahr geschuftet, sich oft bis aufs Blut geschunden hatte. Jetzt, da er verstummte und seinen Keferloher grimmig bis zur Neige leerte, brachen die Zustimmung, das Grölen lautstark über ihn herein. »Du bist einer von uns!«, schrie der Waldarbeiter, der ihm am nächsten saß.

»Ein Falott bist, ein ganz hundshäutener!«, stimmte begeistert ein anderer zu. Neuerlich kam Freibier auf den Tisch, Schnaps dazu. Georg Jennerwein sonnte sich in der rauhen Zuwendung, die ihm zuteil wurde. Urplötzlich, an diesem eben noch so freudlosen Novembernachmittag, war er nicht mehr der Kleine, der Unbedeutende, der Verachtete, sondern der Held. Weil er sich auf die Seite der Wildschützen geschlagen hatte. Der Girgl, während er sich traktieren ließ, merkte sich diese Lektion gut; merkte sie sich für sein ganzes weiteres Leben. Immer wieder prostete er den Holzknechten zu, mit rotglühendem Schädel jetzt, und dann begannen sie ihn auszufragen: Ob er einer von Valley sei, woher er denn dann komme, was er denn anfangen wolle den Winter über, der jetzt vor der Tür stehe?

Irgendwann, in der Nacht schon, wurde der Entschluss gefasst. Von ihm selbst, von den Krachledernen – Georg Jennerwein hätte es später nicht mehr zu sagen gewusst. Doch am nächsten Morgen schnürte er in der Knechtskammer auf dem Hof, wo man ihn bis jetzt widerwillig noch geduldet hatte, sein Bündel. Vor dem Wirtshaus warteten schon die mit den Äxten und der Zugsäge. Im verkatert lärmenden Rudel nahm der Girgl den Weg unter die Füße; den Weg nach Süden, an der Mangfall entlang, hinauf ins Gebirge. Der Wochenlohn am Tegernsee, das hatten die Holzknechte ihm versprochen, konnte sich sehen lassen; auch für einen, der vorerst bloß als Handlanger taugen würde.

***

Der Osterberg, sich hinbuckelnd zwischen Mangfall und Seeufer. Ruppig bepelzt, Buchen und Nadelholz durcheinander. Das Unterholz klamm und stinkig jetzt, im häufig tiefhängenden Wolkendunst. Die Stiefel immer wieder schwer im Letten oder tückisch im grundlosen Laubmoder. Ins Genick ewig das feuchte Sprühen. Hagelbuchenes Getrümmer zwischen die Beine, so der Girgl nicht höllisch aufpasste. Das Niederschmettern der Baumriesen sowieso. Unberechenbar blieb es dem Neuling lange. Erst allmählich lernte er, das mörderische Herunterfegen und Nachwippen vorausschauend auszutarieren. Der Einstand am Osterberger Holzschlag wurde ihm wahrlich nicht leichtgemacht.

Da ihm aber im Leben noch nie etwas geschenkt worden war, schaffte er es allmählich, sich ins Krachen, Bersten und Splittern einzufügen. Tritt zu fassen im schlammigen oder felsschrundigen Wurzelgrund. Blasenziehender als im Frühling und Sommer bei den Flachlandbauern war das Zupacken im Forst. Doch bald bildeten sich dem Vierzehnjährigen die nötigen Hornschwielen aus. Als das Jahr in die ersten Dezembertage kam, vermochte er bei der Knochenarbeit manchmal schon höhnisch zu lachen. »Er lernt's«, sagte dann und wann einer der Holzknechte hinter seinem Rücken.

So hielt die Freundschaft, die im Wirtshaus von Valley rebellisch begründet worden war. Im Männerbündnis sägte und hieb der Girgl sich durch den ächzenden Dom. Handlanger, das war er bloß auf dem Papier, auf der speckigen Lohnliste des Sägewerksbesitzers drunten im Tegernseer Tal. In Wahrheit tat er fast von allem Anfang an die gleiche Arbeit wie die Erwachsenen auch. Nur dass er noch nicht deren Muskeln und deren Knochenstärke besaß. Doch er biss die Zähne zusammen und drosch gegen seine vierzehnjährige Verzweiflung an. Splitterte wieder ein Saukrüppel von Baum weg, so half ihm das mehr gegen das seelische

Toben als alles andere, was er zuvor kennengelernt hatte. Obwohl jeden Abend hundsmüde, gab sich der Girgl in der Baracke dennoch meist umgänglich. Erzählte auch die Geschichte von der Jägerschlacht noch etliche Male. Nach Gmund selbst freilich kam er nur zweimal in dieser Zeit. Zuerst auf dem Herweg, dann wieder zwei Tage vor Weihnachten, als der Sägemüller die Arbeit über die Feiertage einstellen ließ und den Lohn auszahlte. Als letzter in der Reihe stand auch Georg Jennerwein da und ließ sich schließlich die Silbermünzen für sechs Wochen Schuften in die Hand zählen. »Kommst nach Neujahr wieder her?«, fragte ihn der, welcher ihm damals zu Valley den ersten Krug Bier spendiert hatte.

»Wo gehst denn überhaupt hin, zum Christfest?«, wollte ein anderer wissen, der unter ihm im Stockbett geschlafen hatte. Der Vierzehnjährige wusste auf die eine Frage keine Antwort und auf die andere auch nicht. War einfach mitgelaufen zum Löhnen, hatte noch gar nicht über die nächste Zukunft nachgedacht. Jetzt aber, da man sichtlich Heimatdrang von ihm erwartete, fühlte er sich auf einmal mental dermaßen getrieben, dass er hastig erwiderte: »In Gelting warten sie ja auf mich! Muss eh schauen, dass ich es noch schaff' bis zur Mettennacht. Was nachher wird, ich weiß nicht, aber vielleicht komm' ich ja wieder …«

So hatte er ausgesprochen, was ihm von selbst überhaupt nicht in den Sinn gekommen wäre. Aber noch während des Redens, des hastigen Murmelns war ihm ein Gedanke jäh verlockend geworden: Dass er dem Geißler jetzt ein schönes Stück Geld hinhauen könne auf den Tisch. Um es dann gleich wieder in den Hosensack zu schieben. Bloß, damit der Betbruder es fressen musste, dass er, der Aussätzige, sich fast ein ganzes Jahr lang auf eigene Faust durchgeschlagen hatte. Das war es, was ihn dem Aufbrechen jetzt plötzlich förmlich entgegenfiebern ließ. Und, uneingestanden freilich, die Sehnsucht nach der Mutter dazu.

Den ersten Tag lief er bis Dietramszell, durch den Schnee und vorbei an den flachgefegten Feldern, gegen den Nordwind. In die nahe Groß-hartpenninger und Haider Gegend schielte er an diesem Abend bloß hinüber, ehe er sich in einer Feldscheune im Heu verkroch. Frostklamm taumelte er am nächsten Morgen weiter; es dauerte lange, ehe ihm die Glieder wieder geschmeidig wurden. In der frühen Dämmerung dann sah er endlich das Erlengestrüpp entlang der Loisach vor sich, dahinter den Nadelspitz der Geltinger Filialkirche. Er spürte den Hunger und gleichzeitig gallig wieder das andere im Magen. Die letzte Viertelmeile legte er mit zusammengebissenen Zähnen zurück. Und platzte in die Gütlerstube genau in dem Moment, in dem die anderen wieder einmal ausufernd am Beten waren.

Ungut ließ sich die verdatterte Heimkehr also an. Und ungut ging es weiter, denn kaum hatte die Mutter nach dem Amen es endlich gewagt, ihm eine Brotzeit herzurichten, fiel der Geißler auch schon wieder über ihn her: Wo er sich herumgetrieben habe die ganze Zcit? Unter Huren und Lumpen wahrscheinlich! Und sein Geld, das habe er doch ganz gewiss verpulvert!

Da tat Georg Jennerwein, was er sich vorgenommen hatte, und zählte dem anderen seinen gesparten Lohn hin. Schielte dabei auf die Mutter, auf die Anerkennung. Erntete aber nichts weiter, als dass die Marei ihm heimlich zunickte – und dass der Geißler die Hälfte der Münzen einsäckelte, ehe der Girgl sichs versah. »Hast eh mehr Schulden bei mir, als du jemals bezahlen kannst«, grinste der Alte dabei über gelblichen Zähnen. »Denk an die Scheune! Und das Essen, jetzt, wo du wieder da bist, kostet mich auch einen Batzen …«

Georg Jennerwein nahm es – wild im Herzen, dennoch stumm – hin. Stand später auch den Mettenabend irgendwie durch. Am ersten Feiertag jedoch, während in der Stube wieder das Lamentieren, das Litaneienbeten begann, brach er aus. Ins Geltinger Dorfwirtshaus fiel er ein, am frühen Nachmittag schon. Flackte sich an den Knechtstisch, pfiff auf die scheelen Blicke der Protzbauern nebenan, ließ Bier und Enzian für sich und die anderen Minderwertigen auffahren. Schüttete das, was ihm vom Lohn noch geblieben war, auf die weißgescheuerte Buchen-platte, schrie schon gleich nach dem ersten Maulvoll Weihenstephaner, nach dem ersten Stamper: »Alles wird versoffen, heut! Kein Nickel darf übrigbleiben, weil mir's sonst doch bloß der Geißler wegstiehlt! Durch die Gurgel damit, Manner! Prost! Und nachher, wenn ihr wollt, erzähl' ich euch von der Jägerschlacht zu Gmund! Komm' grad' her von dort! Hab' den Platz gesehen, wo das Blut geflossen ist!«

Johlend taten ihm die Dienstboten, die Abgerissenen, die armen Teu-fel Bescheid. Nahmen ihn auf in ihre Mitte, schenkten ihm das, was ihm unterm Kruzifix, beim Geißler verwehrt geblieben war. Hineinfallen in den alkoholischen Brutdunst ließ er sich; sein Schädel glühte, während sie ihm auf die Schultern schlugen und ihn hochleben ließen. Geborgen fühlte er sich im dämpfigen Stalldunst, der von den Knechtsgewändern ausging; dass ihn zahnlückige Mäuler feierten und klaug verarbeitete Hände seine Gaben entgegennahmen, störte ihn ums Verrecken nicht. Das war seine Welt: die der Hoffnungslosen und im Schatten Stehenden; einer dieser Hundshäutenen war doch auch er schon immer gewesen, und nun tauchte er ab auf den hefigen Grund, Keferloher um Keferloher, Stamper um Stamper tiefer, bis die Welt zuletzt feurig und schweißig um ihn herumwirbelte; bis der Wirt kam und in der Tat keinen Nickel mehr bei ihm fand – und den Stockbesoffenen unter dem billigenden Glotzen der Protzbauern und dem hilflosen Grölen der Knechte vor die Tür setzen ließ.

Auf allen vieren kroch der Girgl das erste Wegstück, dann aber biss ihn die Nachtkälte aus seiner fatalen Auflösung wieder heraus. Er torkelte hoch und nahm, wie von Hieben hin und her über den Weg gescheucht, den einzigen Pfad unter die Füße, der ihm im verhassten Gelting trotz allem in Fleisch und Blut übergegangen war. So erreichte er das Gütl, scheußlich frierend jetzt, rutschte am Dunghaufen vorbei, wäre im fiedrigen Schnee um ein Haar noch einmal zu Fall gekommen, polterte zuletzt gegen die Geißlersche Tür. Auf den Strohsack wollte er jetzt bloß noch, kopfüber hinein ins Vergessen, doch bereits im Fletz fiel der Betbruder über ihn her. Packte ihn, beutelte ihn, keckerte ihm seinen verlogenen heiligen Zorn ins Gesicht. Roch nach saurer Milch und Freudlosigkeit, und als Georg Jennerwein ihn in seinem nachflatternden Rausch als blödes Arschloch bezeichnete, versetzte der Geißler ihm aufkreischend die Maulschelle.

Dies löste, wie aus einem Aufbersten heraus, die Rauferei aus, die jahrelang schon überfällige. Gegen das Stiegengeländer krachten die ineinander verklammerten Körper; ein Sparren splitterte, an der Gurgel hatte der Girgl jetzt den verfluchten Heiligen. Die Marei kam nicht heran an die Wahnsinnigen, ebensowenig der Hans. In der Mordlust tobten sie, waren ums Verrecken nicht zu packen, nicht zu bändigen, wollten nichts anderes als sich gegenseitig ans Leben. Immer noch war der Jennerwein zwei Köpfe kleiner als der Geißler, dafür aber durch die Waldarbeit muskel- und faustgestählt. Von Kindheit an tückisch geworden im Kämpfen dazu. Während er jetzt dem Feind die Kehle umkrallte, zog er das Knie an, ließ es nach vorne schnellen. Hinweggefegt hatte der Hass den Alkoholdunst; genau zwischen die Beine ging dem Geißler der hundsgemeine Angriff. Der Alte fistelte auf; der wahnwitzige Schmerz riss ihn aus den Klauen des Jungen. Ehe der Vierzehnjährige erneut zupacken konnte, geriet dem Gütler unversehens der abgebrochene Geländersparren in die Hände. Der Geißler hieb zu, traf den Jennerwein voll ins Gesicht, quer über den Mund. Ein Zahnknirschen biss dem Burschen durch den Schädel; ein zweiter Schlag raubte ihm gleich darauf die Besinnung. Als er wieder zu sich kam, fand er sich zum zweiten Mal in dieser Weihnachtsnacht draußen vor einer Tür im Dreck liegen. Drinnen hatte der Gütler den Riegel vorgelegt, trotz des Flehens der Marei. Georg Jennerwein, ein beinahe agonisches Dröhnen im Gehirn und grausame Schmerzen im Maul, schaffte es mit Mühe noch bis zur Scheune. Auf einem Heuhaufen dann brach er endgültig zusammen.

Am nächsten Morgen schlich sich die Marei herein, brachte ihm sein kärgliches Bündel. Heulte die ganze Zeit, während sie ihm die grässlich geschwollenen Lippen befingerte. Georg Jennerwein, in seinem grün und blau geschlagenen Fell, begriff, dass ihm ein Schneidezahn lose im Fleisch hing. »Er hat geschworen, dass er dich nie wieder ins Haus lassen wird!«, schluchzte die Mutter. »Ich hab' nichts machen können dagegen! Hab's die ganze Nacht versucht! Aber er sagt, du bist ein Verbrecher …«

»Wenn ich gekonnt hätt', dann hätt' ich ihn umgebracht!«, raunzte der Girgl undeutlich.

Das Heulen der Marei steigerte sich erneut bis zum reinen Rotzen. »Was willst denn jetzt anfangen?«, brachte sie endlich doch wieder heraus.

»Nach Gmund geh' ich zurück, zu den Holzknechten«, erwiderte Georg Jennerwein, sah gleichzeitig die blanken Äxte vor seinem inneren Auge blitzen und flügeln.

Irgendwie verblich die Marei in diesem Augenblick völlig. Schien von einem Atemzug auf den anderen entsetzlich dünn und blutleer zu werden. Der Girgl erkannte es und konnte genau das nicht ertragen; er berührte sie noch einmal, raffte dann sich und sein Bündel auf, floh. An der Stelle, wo er geblutet hatte, kauerte jetzt die Mutter; kraftlos, unendlich kraftlos, bis der Geißler, aus dem Fletz heraus, sie rief. Da schleppte sie sich zurück in ihre Hölle, in der es jetzt überhaupt keine Hoffnung mehr für sie gab.

Georg Jennerwein unterdessen schleppte sich durchs Dorf und dann über den Friedhof. An der Filialkirche vorbei, in der vier Jahre zuvor das Unglück begonnen hatte. Ein paar Dutzend taumelige Schritte später erreichte er das Grab der Großmutter. Gleich neben dem Geißlerschen Hügel mit dem schmiedeeisernen Kreuz lag es. Als der Girgl auf das Kruzifix spuckte, spürte er wieder erschrocken den Zahn, der offenbar bloß noch an ein paar Flechsen hing. Mit den Schmerzen im Mund und im Herzen nahm er Abschied von der Haider Alten. Nur diese eine klägliche Brücke war ihm jetzt noch zur Marei geblieben. Beten konnte er nicht, aber sich trotz allem dumpf sehnen.

Die Kälte vertrieb ihn schließlich; aufs Gebirge zu lief er davon, und bei jedem Schritt schien sich ihm der verfluchte Zahn ein Stückchen weiter aus dem Fleisch zu lösen.

An den Flechsen, in der Schwebe hing der Schneidezahn des Georg Jennerwein, während der sich auf dem frostigen Weg von Gelting zurück nach Gmund durchschlug. Auch auf dem Osterberg, wieder im Wald, in der Holzfällerbaracke, zischelte der Heimatlose noch wochenlang. Erst dann, allmählich, siegte das junge Blut über den zwischen dem Stiefsohn und dem Stiefvater erfolgten Bruch; die haltlos gewordene Wurzel festigte sich wieder im Kiefer, lediglich schief blieb der Zahn und zeichnete dem Girgl ein Mal ins Antlitz, sein ganzes ferneres Leben lang.

Von den Holzknechten freilich störte das keinen; höchstens, dass der eine oder andere am Anfang noch ein bisschen spöttelte. Ansonsten waren die rauhbeinigen Kerle froh, den mehr denn je Arbeitswütigen wieder bei sich zu haben. Direkt süchtig schien der Girgl jetzt auf das Axtblinken und das Sägezahnreißen zu sein. Ging die Stämme und Blöcher an wie feindliche Wesen. Stand seinen Mann fünfzehn- und sechzehnjährig. Schuftete sich mit den Kameraden quer über den Osterberg, dann weiter zum Ostin im 63er Jahr. Hieb und schnitt sich hinein in die Hänge des Öder Kogel im folgenden. Juchzte oder hetzte weg im Rudel der anderen, wenn die Tanne, die Buche oder die Eibe stürzten. Zog sich die unvermeidlichen Schmarren und Wunden zu. Hockte an den Sonntagen in den Wirtshäusern unten am See, wiederum im Rudel der Holzknechte, und drehte die Münzen nicht um. In den Rhythmus kam er, auswachsend, hinein, von Knochenarbeit und Rausch. Dann und wann gerieten er und die Holzknechte in eine Rauferei. Auch da war Verlass auf Georg Jennerwein; zu Gelting, in seiner letzten Nacht dort, hatte er's ein für allemal gelernt. Seine Faustkunst trug ihm unterm ruppigen Berghimmel noch mehr Achtung ein. Ersatzheimat fand der Fünfzehn-, Sechzehnjährige außerhalb der bürgerlichen und bäuerlichen Grenzen.

Beinahe zwei Jahre lang hatte Georg Jennerwein, vollwertiger Holzknecht jetzt, nichts mehr von den Geltingern gehört, sie nichts von ihm. Die Zeit hatte das, was einmal gewesen war, zu überkrusten begonnen. Irgendwo hinter dem Mond schienen die Loisach und das Gütl zu liegen; zu einem Schemen schien jetzt selbst das Antlitz der Marei geworden zu sein. Letzteres auch, weil dem Girgl nun allmählich bewusst wurde, dass es noch andere Frauen auf der Welt gab.

»Herrgott, lass dir doch Zeit!«, hielt ihn zu Weihnachten 1864 eine schon leicht übertragene Wirtsdirn von Tegernsee kichernd zurück. Auf dem Heuboden, unter dem bärigen Schiefzähnigen, lag sie mit gerafftem Rock. Der Girgl hatte sie nehmen wollen in einem Zug. »Ein bisserl Zärtlichkeit muss schon sein«, setzte die Dreißigjährige belehrend hinzu und hielt die Knie für einen Moment noch geschlossen. Gleich darauf umspielte ihre Zunge die seine. Georg Jennerwein ging auf das Spiel ein, fand es erstaunlich erregend, küsste sich ihren strammen Hals entlang tiefer. Als er sich ins Brustfleisch wühlte, spürte er, wie unten der Widerstand schmolz, dass sie ihn jetzt aufnehmen wollte. Nun hatte sie nichts mehr dagegen, dass er den ledernen Hosenlatz öffnete; im Gegenteil, mit wissenden Händen half sie selbst mit. Dann aber konnte er sich, da er noch so jung war, nicht mehr zurückhalten. Die Wirtsdirn nahm es ihm nicht übel, die hatte vielmehr Erfahrung genug. Doch beim zweiten Ritt, während unten die Bauernrösser rumorten, durfte der Girgl sich wiegen und hutschen lassen, eine kleine, unbeschreibliche Ewigkeit lang.

In dieser Nacht ging er unendlich leichten Herzens auf den Öder Kogel zurück. Trank mit den Einschichtigen, die übers Fest in der Baracke geblieben waren, noch zwei oder drei Stamper. Wühlte sich dann ins Bettstroh und träumte von der Geborgenheit. Bis zum Frühjahr trieb er's mit der Tegernseer Dirn jeden Sonntag. Immer zwischen Mittag und Abend, wenn in der Küche gerade nichts zu tun war. Oder nach dem Abspülen halt, wenn die Vespergäste wieder gegangen waren. Zu Ostern freilich stand die Gretl aus, hatte eine bessere Stellung aufgetan in München. Georg Jennerwein, siebzehnjährig jetzt, litt ein paar Wochen lang schwer.

Es trieb ihn um, das Wetzen wieder half auch nicht viel. Eine andere wollte er nicht, vorerst wenigstens. Bald entdeckte er wieder die Betäubung durch die Arbeit. Und an den Sonntagen, wenn die Äxte und Zugsägen schwiegen, den Trost im Wald.

Zur Gindelalmschneid wanderte er hinauf an einem freien Tag im Mai. Föhnig, wie in den Tagen seiner Geburt, hingen über der Felsenkette im Süden die Wolkenbänke. Ins Blut wühlte sich ihm das Windpludern, aber nicht mehr bloß wegen der verlorenen Dirn; urplötzlich war da noch eine andere Sehnsucht in ihm. Ein seelisches Wittern gegen eine namenlose Freiheit hin, ein mentaler Ruch, wie er ihn einst, in der Knabenzeit, auch an der Loisach verspürt hatte. Ein Ahnen war es von einer gegenläufigen Welt; durch das Wissen um den erotischen Rausch, der sich ihm jetzt für immer eingewurzelt hatte, noch verstärkt.

Dann, genau in diese ausbrecherische Stimmung hinein, das Balzen des Birkhahns.

Wie nicht recht gescheit trippelte der halbmetergroße Vogel am Saum der Baumgrenze. Ließ den Kopf rucken in einem nur ihm allein begreiflichen Takt. Verharrte dann plötzlich, als sei er gegen eine unsichtbare Mauer gerannt, und reckte den aufgesperrten Schnabel dem föhnig verschlierten Firmament entgegen. Rauh, in einem seltsam erregenden Rhythmus, brach dem Spielhahn erneut das Kollern aus der Kehle. Im Latschenschutz kauerte Georg Jennerwein und vergass die ganze Welt. Allein den schwarzweiß Gefiederten, den mit dem prächtigen leierförmigen Sterz, sah er noch. Sah den archaischen Tanz, der nicht aus der christkatholischen, sondern aus der heidnischen Zeit herauszutreiben schien. Sah das Unbändige, das Wilde; die reine, brutale, unschuldige Lust am Da-Sein.

Während der Birkhahn seine Kreise hinzirkelte, wich die Seele des Siebzehnjährigen in eine Epoche zurück, da das Leben in den Bergen noch schamlos und schauerlich frei gewesen war. Da noch jeder, der sich hier herauf verirrte, das nackte Innere auf dem Antlitz getragen hatte. Ein Sehnen, zurück vor die Tage der vermeintlichen Erbsünde und der kleinlichen Einschnürungen, löste der Balzende im Herzen des Girgl aus, und dann, jäh, riss weiter im Süden der Föhnhimmel auf und badete das Gefieder des Spielhahns in ungeheuerlichem Licht.

Das Weiß schimmerte schneeig, das Schwarz funkelte höllisch. Und gerade aus dem Höllischen zauberte die Sonne jetzt das Sprühen und Funkeln heraus. Ein Regenbogen ward geboren aus der animalischen Leier; eine prismatische Kaskade, die psychedelisches Klingen und Dröhnen nach sich zu ziehen schien. Eine Brücke wurde geschlagen zwischen Göttlichem und Kreatürlichem, und im jetzt orgiastischen Tanzen des Birkhahns floss das eine mit dem anderen zusammen in eins. Genau als der Einklang erreicht war, löste sich aus dem Latschenschatten die Henne. Im Schutz und Schild seiner Leier barg der Spielhahn sein anderes Selbst. Ein Kreis schloss sich, ein weiteres Spiral wurde geboren. Und dann spiralte es weg über die Lichtung, verlief sich im Unterholz, ließ das Menschenwesen, den Jennerwein, auf der Schneide zwischen Verzückung und Depression zurück.

Dass doch etwas geblieben war, über das Unfassbare hinaus, merkte der Girgl erst viel später. Als er, wieder nüchtern geworden, den Fährten der Rauhfüßler ein Stück nachzugehen versuchte, fand er das Pfand. Die Spielhahnfeder, die in der Rage des Balzens abgestoßen worden war. Höllenschwarz, gekrümmt wie ein Säbel lag sie im Moos. Als Georg

Jennerwein sich bückte, vermeinte er endlich den greifen zu können, der ihm sein ganzes Leben bloß Phantom gewesen war: den Vater. Den, der das Zeichen getragen hatte; der gekommen und wieder verschwunden war. Der außer ihm selbst kaum mehr zurückgelassen hatte als eben die Erinnerung an die Feder. Einen geklemmten Atemzug lang zögerte Georg Jennerwein noch, dann steckte er sich das säbelkrumme Mal hinters Hutband. Richtete die Spielhahnfeder so hin, dass sie keck und herausfordernd nach vorne wies. Und war, als er nun den Weg zurück ins Tal in Angriff nahm, ein noch Unbändigerer als ohnehin schon geworden.

❊❊❊

Die Haider Kindheit, das frühe Leid bei den Protzbauern, der Verlust der verhassten Heimat, das Betbruder-Gütl, das hilflose Fragen nach dem wahren Vater, das Gurgeln und Kieselschleifen der Loisach, das Zusammentreffen mit dem Senn und dem Gangerl, das Abgeschobenwerden, die Mündungsflamme aus dem Terzerol, der Rausch im Wirtshaus von Valley, das mentale Zurückgescheuchtwerden, das Raufen mit dem Geißler, der Zahn, der ihm fast aus dem Maul geschlagen worden war, das letztmalige Ausbrechen, das Sichverlieren in der Gretl und jäh wieder der Verlust der Lust – folgerichtig hin zur Spielhahnfeder, zur fiedrigen, archaischen Säbelklinge am Hut und im Schädel, hatte dies alles geführt. Die Vision von der Jägerschlacht, die Georg Jennerwein nie wieder hatte vergessen können, kam hinzu. Seine Kraft jetzt auch, seine siebzehnjährige; sein Tatendrang, der so wild geworden war, dass er sich in der Knochenarbeit allein nicht mehr zu erschöpfen vermochte. So benötigte die Spielhahnfeder alsbald ihr stählernes Pendant. In Gmund, im magischen, einem Wilderernest nicht erst seit dem 33er Jahr, hatte der Girgl keine sonderlichen Schwierigkeiten, an einen Stutzen zu kommen, eine zerlegbare Büchse mit doppeltem Kugellauf.

Die Holzknechte ahnten vielleicht etwas, hielten aber schon aus Tradition den Mund. Lästerten höchstens augenzwinkernd hinter seinem Rücken, wenn der Siebzehnjährige jetzt jeden zweiten oder dritten Feierabend bergwärts verschwand.

Nahe der Mittsommernacht stand das Jahr 1865 mittlerweile, so blieben ihm immer noch ein paar Stunden Helligkeit, nachdem er den Stutzen höher oben am Öder Kogel aus dem Versteck geholt hatte. Und im späten Büchsenlicht visierte er dann unter der wippenden Spielhahnfeder hin über Kimme und Korn.

Schlug vorerst freilich bloß auf tote Ziele an; hatte ja, außer damals in der Scheune, nie zuvor einen Schuss abgegeben. So fetzten seine Kugeln zunächst nur Borke von den Baumstämmen und Steinsplitter aus den Felsen, ehe er allmählich besser mit Druckpunkt und Rückstoß umzugehen lernte. Hinzu kam, dass er mit einem Ohr, mit einem Auge stets auf etwaige Jäger lauern musste. Hart wurde ihm die Lehrzeit deswegen; oft sehnte er sich den Gangerl herbei, damit der es ihm besser beigebracht hätte. Aber nach Sonnwend dann, nachdem er zwei oder drei Pfund Blei scheinbar unnütz vergeudet hatte, wurden ihm Auge, Hand und Büchse allmählich eins. Im späten Juli, in der einfallenden Dämmerung schon, erlegte er schließlich seinen ersten Bock. Ein Kümmerling war's, am einen Lauf verwachsen, aber immerhin!

»Sakrament! Jetzt hast du's den Großkopfeten einmal richtig gezeigt!«, belferte erregt der Arbeitskamerad, mit dem Georg Jennerwein in der Baracke das Stockbett teilte. Die anderen Holzknechte schoben sich grinsend und verschwörerisch näher. »Hoffentlich hat dich kein Jäger gesehen!«, zischelte einer von denen, die damals schon in Valley dabeigewesen waren. Der Girgl lachte, wegwerfend. »Ihr habt's doch gestern im Wirtshaus selbst gehört, dass die Tegernseer Herrschaftsdeppen für heute und morgen auf die Tuften hinüberbefohlen worden sind. Müssen das Revier durchkämmen wegen der Adelstreibjagd im Herbst. Also ist die Luft rein gewesen bei uns. Und jetzt schürt das Feuer an, dass wir den Bock auf der Stelle verschnabulieren können! Abhängen lassen dürfen wir ihn nicht. Sonst könnt's sein, dass uns doch noch einer im grünen Loden auf den Braten spuckt!«

»Für uns hast geschossen? Nicht ums Geld?«, fragte der vorige Sprecher ungläubig.

»Für wen denn sonst, wenn nicht für meine Kameraden?«, versetzte Georg Jennerwein aufgekratzt. »Glaubt's mir nur! Ab jetzt wird's auf dem Holzplatz nicht mehr so mager zugehen wie bisher!«

Dass jetzt die Anerkennung, das Hochlebenlassen förmlich über ihm zusammenschlugen, war ihm der schönste Lohn. War ihm noch wertvoller als das Gefühl archaischer Lust in dem Moment, da er die Kugel ins Blatt des Wildes hatte einschlagen sehen. Nicht mehr am Rand der ihm zugemessenen ruppigen Gesellschaft stand er länger, sondern durfte sich auf einmal in der allgemeinen Hochachtung sonnen. Als er die anderen dann schlingen sah, mit vollen Backen, kulminierte dies alles noch. Er selbst brachte in der Aufregung kaum einen Bissen hinunter, fühlte sich dennoch – auf andere Weise – gesättigt wie nie. »Nächste

Woche gehe ich wieder auf die Pirsch«, verkündete Georg Jennerwein, nachdem die Reste des verbotenen Mahls hinter der Baracke vergraben worden waren. Die anderen, die sich dank seiner Courage die Wänste vollgeschlagen hatten, brummten zustimmend. Lange noch lag Georg Jennerwein wach, bis über die Mitternacht hinaus, und malte sich sein neues, wildes, rebellisches Leben aus und spürte die Spielhahnfeder über dem Bettpfosten fordernd zittern.

✳✳✳

Das ganze restliche 65er Jahr hindurch und noch ein gutes Stück ins 66er hinein hielt der Girgl sein Wort. Vertauschte Axt und Säge jetzt immer öfter mit dem Stutzen, und die Kameraden nahmen es augenzwinkernd hin, arbeiteten ohne Widerspruch das wieder herein, was der mit der Spielhahnfeder auf dem Holzeinschlag notgedrungen versäumte. Wichtiger war ihnen, dass er ihnen das Wildpret brachte, dass er immer wieder den verachteten Jägern eins auswischte. Mit dem Revier am Öder Kogel und weiter hinauf zur Gindelalmschneid gab sich Georg Jennerwein schon bald nicht mehr zufrieden. Bis hinüber zum Rainer Berg über dem Schliersee und nach Süden hinunter zum Riederstein und zum Kühzagl führten ihn nun seine verstohlenen Wege. Den Büchsenhahn spannen, anschlagen und feuern ging ihm mit der Zeit traumwandlerisch sicher in Fleisch und Blut über.

Gegenüber den Jägern schien er mittlerweile so etwas wie einen sechsten Sinn entwickelt zu haben. Klar, dass die schon bald das Schrumpfen des Wildbestandes in ihren Revieren bemerkt hatten. Dass sie dem Lumpenhund nachstellten, die eigenen großkopfeten Brotherren im Genick. Doch sie konnten lauern auf den Unbekannten, soviel sie mochten, der Girgl war immer wieder der Schlauere und Gewieftere. Der führte sie mit Blindschüssen in die Irre und schlug dann unversehens anderswo zu. Der wusste genau, wann es eine Kindstaufe gab, eine Beerdigung oder eine Hochzeit in ihrer Verwandtschaft. Dass ihm längst auch der eine oder andere Wirt solche Informationen zukommen ließ, konnten sie ja nicht ahnen. Georg Jennerwein nämlich war inzwischen so scharfäugig und schusssicher geworden, dass er nicht mehr bloß die Holzknechte, sondern zusätzlich einen Teil der Gastronomie im Tegernseer Tal mit Rehschlegeln und Gamsrücken versorgte.

Und im Hosensack klingelte dem Achtzehnjährigen jetzt das Geld; außerhalb der Gesetze und der Moral, auf die er ohnehin pfiff, schien er seinen Weg durchaus gemacht zu haben.

Schießwütig freilich gab sich in diesem Frühjahr 1866 nicht nur der Wildschütz vom Tegernsee, sondern auch das entsetzliche spätfeudale Stückelwerk, welches sich Deutschland nannte. Zuhauf hockten die Könige, Fürsten und Duodezischen auf ihren Schlössern zwischen Nordsee und Alpen, hielten protzig Hof, belauerten und betrogen sich gegenseitig, intrigierten gegeneinander und setzten ansonsten alles daran, die Rumpfparlamente, die sich mittlerweile trotz allem ausgebildet hatten, möglichst im Zaum zu halten. Einigermaßen arrondiert waren lediglich Bayern, Österreich und Preußen; von letzterem dann, vom hirnrissig militaristischen, ging endlich auch der bewaffnete Konflikt, wie die Angelegenheit verlogen und verbrämt sich nannte, aus.

Ausgerechnet in Schleswig und Holstein prallten die machtpolitischen Interessen Österreichs und Preußens aufeinander. Jeder der beiden Staaten war auf den Kriegshafen Kiel scharf. Im Vertrag von Gastein, 1865, hatten die Hohenzollern und die Habsburger sich vorerst noch zur Teilung bereitgefunden. Im Januar 1866 allerdings, als die holsteinische Bevölkerung sich demonstrativ für Österreich erklärte, setzte zu Potsdam das Säbelrasseln ein. Im Deutschen Bund ging es daraufhin zwischen den Kontrahenten alsbald auf Biegen und Brechen. Während Preußen vordergründig noch immer diplomatisch taktierte, rüstete es ab März bereits auf. Hohenzollerische Truppen marschierten in Holstein ein. Ein Revolverattentat auf Bismarck im Mai des gleichen Jahres misslang. Wenige Tage später wurde das preußische Abgeordnetenhaus aufgelöst. Einmal mehr hatte der Militärstaat sein wahres Gesicht gezeigt. Im Juni, viel zu spät, brachte Österreich die schleswig-holsteinische Frage noch einmal und in schärferer Form vor den Bundestag. Im Gegenzug erklärte Preußen den Deutschen Bund für nicht kompetent und beantragte den Ausschluss Österreichs. Selbst den dümmsten Duodezfürsten wurde allmählich klar, dass Hohenzollern den Krieg mit Gewalt wollte. Der Bundestag reagierte jetzt rigide und beschloss die Mobilmachung seiner sämtlichen Heere gegen Preußen. Bismarck brach das Hohenzollernreich aus dem deutschen Stückelwerk heraus, erklärte den Austritt aus dem Deutschen Bund. Am 15. Juni 1866 war der Krieg da. Bayern, Österreich und Preußen trugen das Metzeln mehr oder weniger unter sich aus. König Ludwig II., seit März 1864 in der Nachfolge seines verstorbenen Vaters Maximilian, sah sich dabei in der sogenannten Waffenbruderschaft mit seinem Wiener Vetter. Die Niederlage der Süddeutschen, denen Hannoveraner, Kurhessen und Sachsen eher zögerlich zur Seite standen, kam schnell. In Eilmärschen rückten die Preußen nach Böhmen vor. Stellten sich am 3. Juli den

Österreichern zur Schlacht bei Königgrätz. Besiegten sie und stürmten weiter bis zum Main. Stuckernd feuerten die Wittelsbachischen bei Roßbach, Hammelburg und Kissingen aus ihren veralteten Vorderladern. Die Hohenzollerischen besaßen seit kurzem Hinterlader und schossen infolgedessen dreimal so schnell. Jämmerlich verprügelt wurden die Bayern und gebaren in ihren verschwollenen Schädeln den Preußenhass. Die hohenzollerischen Truppen besetzten Bayreuth am 28. Juli, Nürnberg am 1. August. Am folgenden Tag sah sich Ludwig II. zum Waffenstillstand gezwungen, wenig später zur Kapitulation. Dreißig Millionen Gulden Reparationszahlungen wurden mit Preußen vereinbart. Auch bayerische Territorien gingen verloren; außerdem musste sich der König in einem Geheimvertrag verpflichten, in einem künftigen Kriegsfall mit seinen Truppen den Hohenzollern Schützenhilfe zu leisten. Besiegelt war damit der unaufhaltsame Aufstieg Preußens, das nächste Metzeln bereits vorprogrammiert.

***

Während bei Königgrätz, Roßbach, Hammelburg und Kissingen die Kanonen- und Gewehrschüsse raunzten, ließ auch Georg Jennerwein es ausufernder denn je krachen. Der Holzknecht und Wildschütz profitierte vom Krieg. Die Jäger aus den Tegernseer und Schlierseer Revieren standen jetzt zumeist an der Front, so gehörten die Wälder und das Wild dem mit der Spielhahnfeder. Nie hatte der Girgl so prächtige Strecken zusammengebracht wie jetzt. Die Arbeitskameraden, die Gastwirte auch, rissen sich um seine Gesellschaft, spendierten ihm Freibier und ließen die Goldfüchse springen. Lediglich ein einziger, scheinbar unbedeutender Zwischenfall trübte ihm die hohe renegatische Zeit ein.

Auf dem Holzplatz tauchte einer auf, der nannte sich Johann Pföderl. Etwa im gleichen Alter wie Georg Jennerwein stand er, wirkte aber im Gegensatz zum Schiefzähnigen kriecherisch, angepasst, obrigkeitshörig. Hatte, zumindest andeutungsweise, trotz seiner Jugend schon einen krummen Buckel. Hatte sich die Arbeit zu verschaffen gewusst auf väterliche Empfehlung hin, wie er betonte. Sein Erzeuger, so setzte er gleich am ersten Abend in der Baracke hinzu, sei mit dem Revierförster vom Tegernsee gut bekannt.

Ein Wunder war es nicht, dass der Girgl spätestens da deutlich von ihm abrückte. Auch sonst machte sich zwischen den Stockbetten ein ungutes Schweigen breit. In der folgenden Nacht dann, als der Mond gschwollschädelig über der Baumgartenschneid protzte, juckte den

Jennerwein einmal mehr das Fell. Der Pföderl lurte ihm tückisch nach, als er dem Windbruch zu verschwand, wo er beim letzten Mal den Stutzen versteckt hatte. Im Morgengrauen tauchte er mit dem Bock auf dem Buckel in Tegernsee auf. Er schlug das Wildpret beim Kirchenwirt los, kehrte auf den Holzplatz zurück; gerade als die anderen aus der Baracke drängten. Ein paar zwinkerten ihm wissend zu, aber dann war plötzlich der Pföderl da und hatte auch schon das eingetrocknete Blut am Rucksack bemerkt.

Dem Girgl schnalzte jäh die Erinnerung zurück nach Gelting. Auch in den Augen des Geißler, des Hans hatte damals so oft dieses Anklägerische, dieses Selbstgerechte gelegen. Dieses scheinheilig Fromme und Gieren nach Bestrafung, nach Sündenbuße dazu. Jetzt erkannte er es wieder unter den dunklen Brauen des Johann Pföderl, vermeinte er zu sehen, wie dessen Fratze und die der Geltinger sich ineinander verwoben, verschlierten – und dann hatte er auf einmal das Stilett in der Hand, mit dem er erst vor ein paar Stunden den Bock ausgeweidet hatte, und die nadelspitze Klinge zitterte, tief gehalten, gegen den Hinterfotzigen, gegen den Bedrohlichen, gegen den dunklen Schatten aus der eigenen hundshäutenen Vergangenheit hin.

Geduckt wie zum Sprung, instinktiv, stand jäh auch der andere da, doch ehe es wirklich zum Raufen, zum blutigen vielleicht sogar, kommen konnte, schob sich einer der Freunde Jennerweins dazwischen und herrschte den Pföderl an: »Das Maul wenn du aufmachst, drunten im Tal, gegenüber dem Förster, dann holt dich der Teufel! Dann bekommst du es nicht bloß mit dem Girgl, sondern mit uns allen zu tun! Dann könnt's leicht sein, dass dich ein Baum trifft im Sturz oder dass ein Hackl unversehens gegen dich ausrutscht! Hast mich verstanden, Pföderl? Hast es gefressen, dass hier heroben ein anderer Wind weht als drunten bei den Arschkriechern?!«

Der Dunkle schnaufte schwer, ballte die Fäuste, öffnete sie wieder, ballte sie erneut, wandte sich dann unvermittelt ab und suchte, fast laufend, das Weite. Ihm nach schlug das rauhe Gelächter; auch der Girgl fiel nach einer Weile wie erlöst ein. Lange hielt sich Johann Pföderl dann nicht mehr auf dem Holzplatz. Im Wittelsbacher Forst, droben bei Kreuth, so hieß es, habe er eine andere Arbeit gefunden.

62

Im sogenannten Frieden zu Prag, er wurde noch im August dieses denkwürdigen Jahres 1866 zu Papier gebracht und protzig besiegelt, stimmte Österreich der Auflösung des Deutschen Bundes zu. An seine Stelle trat schon im Februar 1867 ein norddeutsches Bündnis, eine Vereinigung von Schleswig-Holstein, Hannover, Kurhessen, Nassau und Frankfurt am Main mit Preußen. Unter die hohenzollerische Fuchtel gerieten damit endgültig auch Württemberg, Baden und Bayern. Unverfroren führte schon gleich nach der Paraphierung Preußen auf seinem Territorium die allgemeine Wehrpflicht ein. Wenig später wurde Bismarck zum Kanzler dieses Norddeutschen Bundes ernannt. Die Präsidentschaft fiel, erblich, an das Haus Hohenzollern. Mit ihr verbunden waren der Oberbefehl über Heer und Flotte sowie die Entscheidungsgewalt über Krieg oder Frieden. Ein Deutsches Zollparlament, 1868 ins Leben gerufen, sollte den kleindeutschen Einigungsgedanken nachdrücklich auch über die Mainlinie nach Süden vorantreiben.

Dort freilich zeigte sich, in dynastischer Hinsicht zumindest, der König von Bayern dem neuen nationalen Denken abhold. Dem norddeutschen Bündnis setzte Ludwig II. beinahe zeitgleich sein Verlöbnis mit Herzogin Sophie Charlotte in Bayern, einer jüngeren Schwester der österreichischen Kaiserin Elisabeth, entgegen. Der Ringtausch ereignete sich im Januar 1867; wenige Monate später schon reiste der Monarch nach Paris, ohne Sophie. Dennoch liefen in München die Hochzeitsvorbereitungen auf vollen Touren. Im Oktober 1867 dann gestand der König sich und dem Volk ein, dass seine Gefühle für die Jugendgespielin nicht über einen rein freundschaftlichen Rahmen hinausgehen könnten.

In der Folge wandte sich Ludwig homophil eher männlichen und mimischen Seelenverwandtschaften zu, während seine Minister im Schatten der anwachsenden preußischen Übermacht wenigstens den Anschein einer bayerischen Eigenständigkeit zu wahren versuchten. So oder so waren aber die einst so barocken Töne im Land nach 1866 schriller und schriller geworden.

***

63

Schrill klang dem nunmehr zwanzigjährigen Georg Jennerwein an seinem ersten Kasernenmorgen auch der Weckruf des Korporals in den Ohren. Grunzend fuhr der Gebirgler im Mief der Mannschaftsstube auf der Pritsche hoch, prellte sich den Schädel am Lattenrost des oberen Stockbettes, erinnerte sich erst dann daran, dass er nicht mehr am Tegernsee, sondern in der Residenzstadt war.

Der Gestellungsbefehl hatte ihm den Stutzen vorerst aus der Hand gewunden, hatte ihn, zusammen mit anderen Knechten, Tagelöhnern und Waldarbeitern, nach München gescheucht. Von den Bauernsöhnen hatte seltsamerweise kaum einen das Los getroffen. Dass da die Obrigkeit geschmiert worden war, das hatte sich der Girgl mehr als einmal gedacht, während er am Vortag vierzehn Stunden lang von Gmund in die Hauptstadt gelaufen war.

Wieder ertönte draußen der Kommandoruf, und dann rumpelte der Korporal in die mit zwölf Rekruten belegte Kammer herein. Gerade dass Georg Jennerwein noch den blanken Dielenboden unter die nackten Fußsohlen bekam. Ein paar andere, die noch schlaftaumeliger gewesen waren als er, handelten sich einen rüden Anpfiff ein. Immer noch belfernd, trieb der Korporal sie anschließend alle zusammen in den Waschraum. Eiskalt war das Wasser in den Steintrögen jetzt im frühen April noch. Mehr als einer der pudelnackten angehenden Vaterlandsverteidiger kniff unübersehbar den Schwanz ein. Der Unteroffizier weidete sich lärmend dran. Scheuchte seine Herde, in Unterhosen, sodann zur Kleiderkammer. Das »Passt! Passt! Passt!« hagelte den Rekruten zusammen mit den Militärklamotten, dem Lederzeug, den ungewohnten Stiefeln um die Ohren. Auch Seitengewehre, Brotbeutel und Feldflaschen hatten sie zu fassen. Musketen oder gar die neuen Zündnadelgewehre freilich noch nicht. Erst würde das Schleifen kommen, sehr ausufernd, das ahnte Georg Jennerwein jetzt schon. Er zwängte sich ins graublaue Infanterietuch, schnallte um und schräg über die Brust, so gut er konnte, spürte allmählich den Hunger bohrend in den Eingeweiden nagen. Am Abend zuvor, als er verspätet eingetroffen war, hatte sich keiner mehr gefunden, der ihn noch verproviantiert hätte.

Doch zwischen dem Girgl und einem Kanten Schwarzbrot, einem Schluck Milchkaffee stand noch immer der Korporal. Der brüllte jetzt schon wieder auf die Rekruten ein: »Weil ihr ausschaut wie hingereihert! Weil ihr wahrscheinlich nie im Leben richtige Soldaten werdet! Weil ihr ein Dreck seid, ein Lumpenpack, eine Saubande! Deswegen jetzt im Laufschritt marsch! Auf den Hof hinaus! Und immer an der Mauer entlang im Trab, Hundskrüppel, ihr!«

Im aprilfeuchten Kies blieb einer liegen. Ein Magerer, Hohlwangiger, der es ganz offensichtlich auf der Lunge hatte. Grinsend schleppten zwei Sanitäter ihn weg. Georg Jennerwein, im schwitzenden Rudel der zehn anderen, kam – nachdem der Korporal seine Genugtuung hatte – endlich doch zu seinem Frühstück.

Nach der anbefohlenen Massenentleerung auf der Latrinenstange, allen Blicken von draußen und von den Seiten her hilflos preisgegeben, dann gleich wieder der Drill. Antreten, rennen, sich in den Kies werfen, sich erneut sammeln; stumpfsinnig, endlos, bis zum Mittag. Keiner, der ihm und den anderen erklärt hätte, wozu so etwas gut sein sollte. Bloß immer das Korporalbrüllen, und der Kerl wurde ums Verrecken nicht heiser, während die wässrige Sonne über dem Kasernengeviert höher und höher stieg. Wassersuppe dann, als sie im Zenit stand. Am Nachmittag in der engen Stube Uniformreinigen. Mit Hilfe von Schmierseife, deren Geruch einen zum Kotzen treiben konnte. Neuerliches Korporalraunzen, wenn einer es beim besten Willen nicht schaffte. Bis zur Abenddämmerung waren dann endlich die letzten Dreckspuren aus dem graublauen Tuch getilgt. Auch der Schwindsüchtige war wieder da, kauerte in einer Ecke, hektische rote Flecken im Gesicht. In den Stubenmief hinein der letzte Tagesbefehl des Korporals: »Antreten und Abmarsch zum Gottesdienst!«

In der Garnisonskirche der fette Kapuziner, der ihnen viel von der Treue zum König und vom göttlichen Willen vorsäuselte. Von der Pflicht zum unabdingbaren Gehorsam auch. Und dass ein guter Soldat stets keusch zu leben habe. Georg Jennerwein erinnerte sich schmerzlich an die Mirl, die Sennerin auf der Buchbergeralm oberhalb von St. Quirin, in deren Bettstatt er in letzter Zeit öfter geschlüpft war. Damit war es jetzt aus, für volle drei Jahre. Den heiligen Antonius beschwor der Kapuziner gerade, als der Girgl dies mit halbsteifem Glied dachte, trotz seiner schmerzenden Knochen. Die Sehnsucht nach Weiberfleisch wurde noch größer, während der Pfaffe zum Altar zurückkehrte, während er die Messe in schier endloser Ausuferung fertigzelebrierte. Erst als der Hunger immer ärger zu bohren begann, verging dem Zwanzigjährigen der Trieb wieder. Mit dem »Ite missa est!« vermischte sich sein und der anderen Rekruten Magenknurren. Sechs Korporalschaften stark insgesamt, wurden sie in die Quartiere zurückgetrieben. Schwarzbrot gab's und nichts dazu zum Nachtmahl.

Ein Narr war ich, dachte Georg Jennerwein, als er sich in die Flohfalle wühlte, dass ich überhaupt hergekommen bin! Den Stutzen hätt' ich nehmen sollen und ins Tirolerland hinüber abhauen. Jederzeit hätt' ich dort eine Holzarbeit gefunden, und das Wildern wär' auch wieder gegangen.

Doch jetzt hatten sie ihn am Genick, die Militärischen, und die Doppelbüchse samt der Munition lag bei der Mirl hinterm Wandbrett, und er konnte bloß hoffen, dass sie ihm das Pulver trocken hielt, bis er nach drei Jahren wieder heimkam. Unterdrückt fluchte Georg Jennerwein noch einmal in den Stubenmief hinein, dann siegte seine Natur, und er träumte sich, für ein paar Stunden wenigstens, aus der königlichen Kaserne hinweg. Umso entsetzlicher aber war am nächsten Morgen wieder der Sturz zurück in die Realität, als das Organ des Korporals neuerlich in die Mannschaftsstube hereinschrillte.

✳✳✳

Während der ersten drei Monate hätte der Girgl den Korporal jeden Tag mit Begeisterung umbringen können. In der Tat überlegte er sich ernsthaft, ob er den Schinder abstechen oder lieber erwürgen solle, falls sich ihm einmal die Gelegenheit dazu bot. Manchmal war er soweit, dass ihm noch nicht einmal das Schafott anschließend etwas ausgemacht hätte. Im Juli dann verwaberten ihm derartige Rachegelüste allmählich wieder. Denn die Grundausbildung, das Brechen der Persönlichkeit, der militärische Versuch dazu zumindest, war jetzt beendet. Nunmehr sollten die Rekruten zum Töten abgerichtet werden und bekamen deswegen endlich die Schusswaffen.

Dem Schwindsüchtigen gab der Pulverqualm bald schon den Rest. Nachdem der magere Strick Blut zu spucken begonnen hatte, erklärte der Stabsarzt ihn viel zu spät für untauglich und schickte ihn zurück in sein Dorf. Eine Zeitlang beugten sich beim Gewehrreinigen bloß noch elf Köpfe über die ruppigen Läufe. Deutlich kundiger als die anderen zehn wusste Georg Jennerwein Schloss und Seele seiner Muskete zu behandeln. Wenn er wischte, ölte oder polierte, schlugen diese Tätigkeiten ihm manchmal die Brücke zurück ins Gebirge. Ins stahlkalte Träumen konnte er dann geraten, im Geiste vermochte er wieder zu pirschen, den Fangschuss anzubringen. Die Freiheit der Wälder und der Mief der Kaserne wurden ihm, wenn auch trügerisch, in solchen Momenten eins. Sah der Korporal auf dem Schießstand, wie hurtig dieser Rekrut das Kugelende der Patrone abbiss, wie blitzschnell er lud, spannte und feuerte, dann vergaß er aufs übliche Zusammenstauchen, knurrte eher anerkennend. Von zehn Bleigeschossen brachte Georg Jennerwein durchschnittlich acht ins Ziel, ins Blatt. Machte damit in den Augen des Unteroffiziers die Tatsache wett, dass er beim Exerzieren, beim Paradieren weit unter dem Durchschnitt war.

»In den Krieg wenn's erst geht, dann zählt das eh nicht«, steckte ihm der Korporal, angetrunken und deswegen leutselig, einmal nach dem Drill. »Dann gilt bloß noch, dass du den Feind herankommen lässt, bis du das Weiße in seinen Augen siehst, und dass du ihn eine Elle tiefer triffst. Ich weiß, wovon ich rede, denn genauso haben wir's Anno 66 gehalten. Und du, stünden wir erst wieder im Feld, könntest dort draußen zu einem ganz respektierlichen Scharfschützen werden. Könntest sogar einen Orden bekommen und zum Unteroffizier befördert werden!«

Das Blechzeug, dachte der Girgl, wär' nicht einmal zum Arschauswischen gut. Und auf die Litzen tät' ich auch pfeifen. Möcht' gar keiner werden von diesen schreimäuligen Deppen. Doch er hielt den Mund, weil er's inzwischen beim Militär so gelernt hatte, und baute zusätzlich, so gut er konnte, sein Männchen. Der Korporal war zufrieden, der Rekrut auch. Der Waffenstillstand zwischen dem einen und dem anderen hatte sich wieder ein Stück mehr gefestigt. Ganz so unerträglich war das Leben in der Kaserne damit nicht mehr. Sogar Ausgang bekamen die Musketenschützen jetzt jeden zweiten Sonntag. Und in Haidhausen hatte der Girgl sich zwischenzeitlich eine Näherin aufgetan; mit der wollte er sich, wenn alles gut ging, beim nächsten Urlaub zum ersten Mal vergnügen.

Er schaffte es auch, doch als er unterm Zapfenstreichblasen zurück ins Quartier hastete, verging ihm das Aufgekratztsein so jäh, als hätte ihm unvermittelt einer einen Magenrempler versetzt. Denn auf der Pritsche, die einmal dem Lungensüchtigen gehört hatte, hockte der Dunkle, mit dem er vor zwei Jahren auf dem Holzplatz bei Gmund zusammengeraten war. Während sich ihm wütend die Brauen runzelten, fiel ihm auch der Name des Schleichers wieder ein: »Du, Pföderl?! Was für ein unguter Wind hat dich denn hergeweht?!«, fauchte er ihn an.

Es stellte sich, freilich eher im Gespräch des Johann Pföderl mit den übrigen Stubengenossen, heraus, dass er gleichzeitig mit ihnen eingezogen worden war, allerdings zu einer Kompanie in einem anderen Kasernenblock. Die Versetzung war vermutlich deswegen erfolgt, weil man drüben Überschuss an Menschenmaterial hatte, während in der hiesigen Korporalschaft schon seit einer ganzen Weile der Blutspucker abgängig war, was nun endlich auch der Hauptmann rekognosziert zu haben schien. So war der Pföderl ins Stockbett hart neben dem Jennerwein gelangt, sollte jetzt an dessen Seite marschieren, schießen, exerzieren, fressen und über den Balken scheißen.

»Nachschnüffeln wenn du mir tust oder wenn du mich wegen irgend-was hinhängst bei einem von den Chargen, dann holt dich der Teufel!«, raunzte der Girgl, nachdem der andere geendet hatte. »Kapiert?!«

»Ich bin beim Militär, dass ich meine Pflicht tu'«, erwiderte Johann Pföderl; wirkte dabei lächerlich und doch irgendwie stramm in seinem Unterzeug. Und dann kam von draußen der Befehl »Licht aus!«, und jeder der beiden Unterschiedlichen blieb in der Finsternis mit sich selbst allein.

Während Georg Jennerwein sich aber aus seinem Unbehagen heraus schon bald wieder in die Erinnerung an die Näherin flüchten konnte, packte den anderen, den Pföderl, in der noch ungewohnten Stube, unterm noch karbolscharf riechenden Laken jetzt jäh die seelische Leere. Das Hohlsein, unter dem er gelitten hatte, solange er denken konnte; das kotzige Gefühl, das er noch nie einem anderen Menschen einzugestehen gewagt hatte. Weil er doch nach außen hin, als der Obrig-keitsbub, immer ein wenig der Besondere hatte sein müssen; der Bessere, der – ein Quentchen zumindest – stets über der Hefe des Volkes zu stehen hatte. Doch gerade das war immer die inwendige Qual gewesen, das scheuchtsame Nebenherlaufen neben der eigentlichen Welt; das, was ihn nie hatte wirklich warm werden lassen mit dem Leben. Mit dem Vater hing es zusammen, mit dem Uniformierten, und als der Dunkle, der innerlich immerwährend Verspannte dies in der Finsternis dachte, da riss es ihn weg aus der Kasernenrealität und wirbelte ihn rückschauend hinein in den zeitrafferschnellen Mahlstrom seines kläglichen zwanzig-jährigen Daseins.

∗∗∗

Der Vater Gendarm in Miesbach. Ein messinggrell Zugeknöpfter, ein ewig Polternder ins noch so weiche, verletzbare Gesicht des Drei-, Vierjährigen hinein. An das Schimpfen, das manchmal ärger gewesen war als Ohrfeigen, erinnerte sich der Hans; an das Strammstehen auch, das auf dem Polizeiposten für ihn stets die Strafe gewesen war. Stramm-stehen, stundenlang, die Hände an der Hosennaht. Und sofort das Lineal auf die Finger, wenn er die doch einmal einzukrümmen, zu bewegen gewagt hatte. Stramm und kerzengerade wie diese stahlgeschiente Holz-latte hatte er sein sollen, obwohl er doch fast noch ein Hosenscheißer gewesen war, aber auf seine kindliche Schwäche hatte der Gendarm, der Zuchtmeister von Anfang an keine Rücksicht genommen.

Hatte ihn dressiert, ebenso wie die Mutter, die immer bloß vor ihm hatte kuschen müssen. Hatte ihm, zwischen Strammstehen und Strammstehen, grollend seine fragwürdigen Lebensweisheiten mit auf den vermeintlich einzig richtigen Lebensweg gegeben: RechtundOrdnung! AnstandundZucht! BefehlundGehorsam! KönigundVaterland! VaterundSohn! HerrundGescherr!

Übers Lineal gebügelt, über die Floskeln also das Kindliche, das Weiche, das Verletzbare, und der Polizistenbub hatte sich notgedrungen ausgerichtet nach der Latte, der stahlrückigen; hatte es hingenommen, weil er sonst hätte zerbrechen müssen. Hatte aufgehört zu reflektieren, hatte sich – äußerlich strammstehend – im Inneren immer tiefer und kläglicher gebeugt; reflektierte auch jetzt nicht, in seinem Zeitrafferwimmern, seinem seelischen, empfand all dies, was andere vielleicht mit Worten hätten ausdrücken können, nur dumpf, unterdrückt instinktiv; trieb weiter durchs Messinggrellen, durchs feindväterliche, ins Heranwachsen hinein.

Dass er immer das Genick einzog, einen Buckel wie ein Kater machte, hielt die Uniform ihm jetzt vor, als er acht-, zehnjährig geworden war. Dass er nicht gerade stehen könne, ein krummer Schlot sei. Ob das denn die Früchte der väterlichen Mühen seien?! Und der Bub versuchte das Rückgrat zu strecken, hatte dabei aber sofort das Gefühl, dass er zurückscheuen müsse, wenn er den Kopf hob; krümmte sich erneut. Krümmte sich unterm Plärren der bartborstigen Schnauze durchs elfte, zwölfte und dreizehnte Lebensjahr, und zu dieser Zeit wurde ihm unter der Bettdecke das Anhängsel, das Pfui-Dings, das Unaussprechliche sperrig. Der Pubertierende, nicht mehr nur vom Gendarmen jetzt gezwängt, sondern zusätzlich noch vom Weihrauch, vom Pfaffen, vom Beichtspiegel, vom entsetzlichen sechsten Gebot (»Hast du Unkeusches getan?! Allein?! Mit anderen?! Wie oft?!«), versuchte der teuflischen Versuchung Herr zu werden. Litt, quälte sich, fürchtete sich der Todsünde – und wetzte zuletzt doch. Verspürte verzückt das Verschauern aller Not für einen seligen, einen paradiesischen Augenblick, hatte aber nachher die Nässe am Schenkel und die verräterischen Flecken am Laken. Geschehen war die Todsünde, und in der Nacht lauerte der Gendarm, lauerten die Prügel, das endgültige Ausgestoßenwerden vielleicht sogar. Der Dreizehnjährige versuchte es wegzureiben mit Spucke; als ihm dies nicht gelang, steckte er in seiner Panik den Finger in den Rachen und erbrach sich über das todsündige Teufelsmal hin. So entkam er der Strafe, der durchaus verdienten, wie er meinte, musste sich lediglich das Poltern, das Schelten – »SelbstbeherrschungmeinSohn!« – anhören, und die Mutter hatte die eklige Arbeit. Und er schwor sich's selbst beim keuschen Herzen Jesu, dass sie nie wieder über ihn kommen dürfe, die Todsünde. Hielt aber schon ein paar Nächte später wieder den Sperrigen in der Hand; auf dem Abtritt diesmal. Und spürte, wie es hinunterging auf den ekligen Kothaufen unter der Holzbrille, und leistete erneut den Schwur und hielt ihn wiederum nicht.

Wetzte sich vielmehr in die Flucht vor dem Gendarmen hinein, mehrmals täglich oder nächtlich jetzt oft. Fand das Vergessen und litt ebensooft fürchterlich. Kam mit sich selber überhaupt nicht mehr zu Rande, magerte ab, hatte Pickel im Gesicht, sagte sich, dass die ganz gewiss von der Sünde kämen. Zuletzt dann packte es ihn einmal beim Strammstehen, nachdem er in der Sonntagsschule etwas ausgefressen hatte. Von der Hosennaht stahl sich seine Hand in die Hosentasche, presste, klammerte sich hinein dort, rieb, drückte und molk, immer hemmungsloser, immer heftiger. Als er es gerade kommen spürte, erwischte ihn in der Gendarmeriestube der Vater. Begriff zuerst gar nicht, begriff dann rotschädelig doch, schlug ihn her, bis er fast die Besinnung verlor, schäumte ihn an: »DubistnichtlängermeinSohn!«

Leider blieb er's doch, der Hans, weil die Schande für den Gendarmen zu groß gewesen wäre, hätte er ihn wirklich verstoßen. Volle fünf Jahre hatte Johann Pföderl noch durchzustehen. Und in eine ganz besondere Schule nahm ihn während dieser Zeit der Erzeuger; weit über das Strammstehen hinaus.

In einen Patriotenbund führte er den weichlichen Sprössling ein, in ein männerschrilles Gebirgsschützenrudel, einen paramilitärischen Verein. Zwischen Miesbach und dem Tegernsee fanden die Marsch-, Metzel- und Schießübungen statt; gelegentlich nahm auch der Tegernseer Förster, der Mayr, daran teil. Der und der Gendarm kannten sich noch von der Schule her; als Vorbild stellte der Polizist seinem Sohn den Beamten des Prinzen Karl von Bayern nunmehr bei jeder Gelegenheit hin. Als einen, der seinen Weg gemacht hatte, der es zu etwas gebracht hatte im Leben. Weil er die Pflichterfüllung über alles gestellt hatte. Die Treue zum angestammten Herrscherhaus dazu. Weil er – wie auch er selbst, der Gendarm – den Schädel jederzeit hinhalten würde für den König, fürs Vaterland.

Gedrillt hatte der Gendarm seinen Sohn praktisch von Anbeginn an. Jetzt kam das zweite Knochenbrechen hinzu, das vaterländische, das patriotische. Das noch ärgere seelenzerstörerische Gift, doch das begriff der immer noch Pubertierende selbstverständlich nicht. Durfte er doch schon bald mit der Kugelbüchse knallen, dazu im Rudel rennen und immer wieder ins Hurragebrüll einstimmen. Die markigen Sprüche am

Biertisch gingen ihm schon nach kurzer Zeit ein wie das süße Hirnerweichende beim Wetzen. Das brauchte er jetzt bloß noch gelegentlich, immer auf dem Abtritt nun wieder. Oft aber vergaß er den Drang beim Marschieren, beim Brüllen, beim Knallen, beim Saufen mit der königstreuen, der wittelsbachischen Horde. Dass der Bub Bier trank, oft mehr, als er vertrug, nahm der Gendarm seltsamerweise ohne jegliches Rüffeln hin. »Dass aus dir ein Mann wird!«, raunzte er vielmehr bei solchen Anlässen aufgeräumt und prostete dem Sprössling noch zu.

Ein Mann werden, das wollte auch der Fünfzehn-, Sechzehn-, Siebzehnjährige. Damit ihm die Geborgenheit im Patriotenhaufen niemand mehr nehmen konnte. Damit er voll und ganz einer von ihnen wäre; ein Kamerad, ein Verschworener, ein Eingeweihter. Ein Mann werden, das hieß jetzt für ihn, sich einzuordnen ins Rudel, seinen Stalldunst zu spüren; eine andere Autorität anzunehmen als die des nach wie vor gefürchteten Gendarmen. Neben den Mayr schob sich Johann Pföderl immer wieder beim Schießen, beim gespielten Nahkampf, im manövermässigen Plänklerschwarm, auch beim Saufen. Wenn der Förster ihm dann etwas befahl, ihm grob sagte, was er tun sollte, dann gehorchte er fast freudig. Weil der Lohn dafür die Anerkennung war, das Ernstgenommenwerden; wieder und wieder das Vergessen jenes Augenblicks, da der eigene Vater ihn im Polizeirevier bei der Todsünde erwischt hatte. Weil er durch das Sichunterordnen, den Gehorsam einen anderen Vater fand, einen Übervater; die rauhe und dennoch brutwarme Horde.

So schaffte der Polizist es also tatsächlich, aus seinem missratenen Sohn das zu machen, was auch er selbst in seiner Dumpfheit als einen Mann bezeichnete; dass aber dadurch einer fürs Leben verbogen worden war, ahnten weder der Alte noch Johann Pföderl selbst. Vielmehr vermeinte der Junge, jetzt unverbrüchlich auf eigenen Beinen zu stehen, und im Juni 1866, am Tag der Kriegserklärung, wollte er sich das auch äußerlich beweisen und versuchte den Ausbruch.

Nach München machte er sich auf; die bärbeißigen Ermunterungen des Gendarmen – »Komm mir bloß nicht als Vaterlandskrüppel zurück!« – dröhnten ihm im Schädel nach, und in der Residenzstadt dann fragte er sich nach dem Rekrutierungsbüro für die Freiwilligen durch. War felsenfest davon überzeugt, dass er sein Blut und sein Leben dem Königreich, dem Herrscherhaus weihen müsse. Fühlte sich seelisch hehr wie nie und hinaufgetragen bereits nach Walhall, handelte sich in der Kaserne jedoch nichts weiter als eine rüde mentale Maulschelle ein.

An Freiwilligen herrsche kein Mangel, bedeutete man ihm; das aber seien gestandene Mannsbilder und keine dahergelaufenen Bürscherl.

Mit denen werde man den Krieg gewinnen, nicht jedoch mit einem Rotzlöffel wie ihm. »Geh wieder heim zur Mama, schau in ein paar Jahren noch einmal vorbei!«, herrschte ihn der Sergeant abschließend an und komplimentierte ihn rauhbauzig wieder zur Tür hinaus.

Es war ein Gefühl, als hätte man ihn noch einmal beim Wetzen ertappt, ganz wie damals in der Gendarmeriestube. Und dorthin, ins messinggrelle Vaterhaus, wagte sich Johann Pföderl jetzt nicht mehr zurück. Hatte nun auch sein allerletztes Vatervertrauen verloren, weil sie ihn in München zum Vaterlandskrüppel erniedrigt hatten. Nie wieder würde er dem Polizisten unter die Augen treten können, das spürte der Hans in dieser Minute ganz genau. Den Spott fürchtete er, die uniformsteife Überlegenheit; genau wieder das, was ihn sein ganzes achtzehnjähriges Leben lang verfolgt hatte. In ein Wirtshaus flüchtete er sich also zunächst, hinter den Masskrug, und dann versoff er bis auf den letzten Heller, was er an Münzen in seinem so verächtlich zivilen Hosensack fand. Immer noch halb den Rausch im Schädel, machte er am nächsten Morgen ein Fuhrwerk ausfindig, das den Weg nach Süden nehmen sollte. Irgendwann kamen sie an Miesbach vorbei; dort drückte sich Johann Pföderl instinktiv tiefer ins Stroh zwischen den Spanferkelkisten. In Hausham dann sprang er ab, brachte die Nacht herum in einem Heuschober, marschierte am nächsten Tag mit knurrendem Magen hinüber nach Tegernsee. Der Mayr war ihm eingefallen, der Revierförster, der Leitrüde von den patriotischen Übungen her. Ins Forsthaus hinein schlich sich Johann Pföderl am späten Nachmittag, erzählte von München, machte dem Grüngekleideten vor, dass man ihn dort bloß deswegen nicht angenommen habe, weil derzeit ein Überhang an älteren Freiwilligen bestehe. In einem halben Jahr jedoch könne er gern wieder vorsprechen, denn er sei durchaus einer von echtem Schrot und Korn. »Vielleicht, dass ich bis dahin hier im Revier als ein Hilfsjäger …«, schloss Johann Pföderl und brach mittendrin, jäh kurzatmig, ab.

Eine Hilfsjägerstelle freilich hatte der Mayr nicht für ihn, mochte sich auch sonst sein Teil denken; immerhin nahm er nach außen hin für bare Münze, was er gehört hatte, und verschaffte dem Hans die Stelle auf dem Holzplatz bei Gmund. Nahm sich auch vor, irgendwann einmal mit dem Vater des Dunklen zu reden; das aber geschah nie, denn der schon wenige Wochen später mit Pauken und Trompeten verlorene 66er Krieg dämpfte den oberländischen Patriotismus zumindest für eine Weile ab; angesichts der Särge und der krumm und lahm Geschossenen, die alsbald heimkehrten, schlief der früher so schieß- und prahlwütige Männerbund in der Folge ein.

Anstatt nach Walhall geriet Johann Pföderl also in jene ruppige Baracke, in der auch Georg Jennerwein, wenn er nicht gerade wilderte, auf der Bretterpritsche fläzte; lange dauerte es dann nicht, bis zwischen dem andeutungsweise Krummbuckeligen und dem Grauäugigen mit der Spielhahnfeder unversehens ein Messer aufblitzte. Noch einmal tauchte daraufhin der Hans beim Mayr auf, und der verhalf ihm zu einer anderen Holzknechtsstelle, im wittelsbachischen Forst jetzt. Die folgenden beiden Jahre schlug sich Johann Pföderl dort durch, buchstäblich, so gut er konnte, bis dann endlich doch noch das militärische Los auf ihn fiel und er sich zum zweiten Mal auf den Weg in eine Münchner Kaserne machen durfte.

***

Und eingefügt hab' ich mich gut, dachte Johann Pföderl jetzt, in dieser Sommernacht 1868, unterm karbolscharf riechenden Bettzeug. Der Korporal drüben im anderen Block hat schon gewusst, was er an mir hatte, hat mich manchmal sogar schon bevorzugt vor den anderen. Flügelmann hätt' ich werden können in der Gruppe, wenn die Versetzung nicht gekommen wäre. Und ausgerechnet hierher, wo der andere ist. Der Jennerwein. Der Sieger, der hundshäutene.

Ob er's wollte oder nicht, es beutelte ihn seelisch zusammen, den Johann Pföderl, als er dies dachte. Wieder war einer da, der ihn ducken würde, weil er ihn schließlich schon einmal geduckt hatte. Seinen Frieden mit dem Girgl zu machen, das kam dem Hans gar nicht erst in den Sinn. Weil er das Friedenschließen, das Sichaussöhnen im Gendarmenhaus nie gelernt hatte – und auch später nicht. Deswegen quoll ihm auch jetzt nichts hoch als ein dumpfes Hassgefühl in der Kehle und im Gehirn, und aus dem Hass heraus kam wieder dieses entsetzliche, ganz und gar hilflose Gefühl der Unterlegenheit, des Minderwertigseins; das Kreuz, das Leid, die Geißel des Johann Pföderl. Und er biss sich fest an dem, was ihn peitschte und zwängte, und biss und biss, bis er es schaffte, sich selbst das ehrgeizige Versprechen zu geben: Er kriegt mich nicht unter, ums Verrecken nicht, und wenn ich ihn umbringen muss!

***

Ums Umbringen, ums Menschenschlachten ging es in der Tat in der königlichen Infanteriekaserne; von Monat zu Monat unkaschierter und brutaler jetzt.

Nachdem die Korporalschaft, Jennerwein und Pföderl räumlich stets so weit wie möglich voneinander entfernt, in der Handhabung der Musketen auf Vordermann gebracht worden war, ließ der Unteroffizier sie im Herbst dieses Jahres 1868 zum ersten Mal zum Bajonettangriff antreten. Bei dieser Gelegenheit machte der Gemeine Pföderl etliches an militärischem Boden gut. Während der Girgl nämlich über das unwaidmännische Abstechen der Strohpuppen spöttelte und wegen seiner Aufsässigkeit nur haarscharf an einer Urlaubssperre vorbeischlitterte, geriet der Dunkle förmlich in einen Metzelrausch hinein, fetzte die Klinge durch die rupfenen Körper bis ins Pfahlholz, drehte und riss das Bajonett brüllend über Kreuz; forkelte so meisterlich, dass der Korporal ihn zuletzt vor versammelter Mannschaft belobigte: »Am Pföderl, da müsst ihr euch ein Beispiel nehmen, ihr Lahmärsche! Von dem könnt ihr lernen, wie man's macht! In den feindlichen Bauch die Klinge bis zum Anschlag! Und dann die Därme herausgerissen! So erledigt das ein guter Soldat, Hosenscheißer, ihr!«

Johann Pföderl, weil diesmal definitiv die anderen, DER ANDERE, die Minderwertigen waren, nicht er, marschierte an diesem Tag kerzengerade in die Kasernenstube zurück. Und übte im Traum, immer noch einmal, den Bajonettangriff. Am nächsten Tag dann, am Sonntag, gab es Ausgang bis zum Wecken. Dem militärisch Erfolgreichen, dem meisterlichen Strohpuppenmetzler, schwoll der Kamm, schwoll der Schweif. Hinzu kamen das ewige Prahlen des Jennerwein wegen der Näherin, die anzüglichen Bemerkungen der Kameraden wegen der häufigen nächtlichen Streifzüge des Girgl auch. Jetzt, stramm wie noch nie im Leben, wollte es auch der Hans wissen. Seine Uniform bürstete er auf Hochglanz, das dunkle Haar pappte er sich mit Hilfe von Zuckerwasser an den Schädel, dann tigerte er los, in die Stadt.

Von den Soldatenpuffs wusste er vom Hörensagen, fand nach einer Weile auch eines, brauchte aber in der Taverne gegenüber erst drei, vier Schnäpse, ehe er sich wirklich hineinwagte. Betont forsch, betont militärisch gab er sich mit alldem Alkohol im Blut, dachte neuerlich ans Bajonettieren, richtete sich neuerlich daran auf, warf der Hurenmutter die Münzen hin und suchte sich die Strammste, die mit der fleischigsten Wampe heraus. Griff ihr schon auf der Stiege zwischen die Strapse, weil er auf dem Donnerbalken in der Kaserne einmal mitbekommen hatte, dass dies die einzig wahre Methode sei, dass man es den Weibern immer gleich von Anfang an zeigen müsse. Das Juchzen, das er sich daraufhin auf der Treppe einhandelte, ließ ihn freilich eher zurückzucken. Im Bretterverschlag, auf dem versudelten Bett, war's dann ganz aus. Zwar kam er gerade noch aus dem Uniformrock, aus der Hose, ohne dass ihm die Hände allzusehr zitterten, aber als er zuletzt die aufgestellten Schenkel hautnah vor sich sah, das Schleimige und Haarige dazu, als er das Lachen, das Locken und die Zoten hörte, da war's ihm, als bekäme er eins mit dem stahlkantigen Lineal über den Halbsteifen, den jetzt jäh und wie unter einem hundsgemeinen Zubiss Schrumpfenden. Das Gelächter, spöttisch jetzt, klang ihm nach, als er floh; draußen dann, wie gehetzt die Straße hinunter, die Uniform beileibe nicht vorschriftsmäßig, vermeinte er plötzlich den Jennerwein zu sehen. Den Jennerwein, wie der sich auf der Hure wiegte, wie er's ihr besorgte, bis sie wie eine Wahnsinnige schrie, und lachen hörte er jetzt nicht mehr die Nutte, sondern schrill den Nebenbuhler, den Sieger, den Feind, und über ihn lachte der Geilbock; über ihn und sein eiskaltes, winziges Anhängsel.

Die schlimmste Erniedrigung kam später. Im Morgengrauen, kurz vor dem Wecken, auf der Latrine. Johann Pföderl, der Pubertierende, der Unfähige noch immer und schon wieder, hatte sich hergeschlichen in die stinkige Einsamkeit. Und während er wetzte wie damals im Gendarmenklo, während er wenigstens das von der Frau, von ihren jetzt wieder schmerzlich nahen Reizen haben wollte, hörte er draußen den Jennerwein vorübergehen; mit einem Kameraden war der zusammen, und jetzt prahlte er wieder von der Näherin. Und Johann Pföderl schwor sich erneut, den Widersacher irgendwann auszustechen; schwor sich's aus einem kindischen, hirnwütigen Trotz heraus.

***

Mit einem Weib freilich versuchte er es nie wieder in diesem 68er Jahr; auch im 69er und im beginnenden 70er nicht. Doch ein guter Soldat wurde er, ein strammerer als alle anderen. Als erster Gemeiner der Korporalschaft wurde er im Frühjahr 1870 zum Gefreiten befördert, unmittelbar vor den großen Manövern, bei denen General von der Tann in höchsteigener Person kommandierte.

Ins Erdinger Moos hinaus marschierte der Pföderl mit seinen nagelneuen Litzen; Flügelmann war er jetzt endlich auch geworden. Ganz hinten, diagonal so weit wie möglich von ihm entfernt, lief der Jennerwein. Der Schlot, dachte Johann Pföderl. Der krumme Hund. Aus dem wird nie ein richtiger Soldat. Hat erst neulich wieder über den Zapfen geschlagen. Korporal wenn ich erst bin, dann kommt er mir wegen jedem Dreck in den Arrest!

Gefreiter war der Pföderl schon jetzt. Also ließ er den Schädel herumrucken, schnauzte diagonal über die Gruppe hin: »Aufschließen, du Lahmarsch!« – und erntete dafür vom Unteroffizier ein stramm militärisches zustimmendes Nicken. Und während der Jennerwein notgedrungen den Schritt beschleunigte, ließ der Pföderl seinen stolzen Blick über die anderen Gruppen hinschweifen, über die Züge, über die ganze Kompanie, und ließ sich im Geiste hineinfallen ins hundertfache Stiefelstampfen und fühlte sich endlich wieder einmal geborgen.

Stellte im Lauf des Manövers dann auch seine Vorgesetzten zufrieden. Führte seinen Spähtrupp tief ins vorgebliche Feindesland und handelte sich dafür Lob ein. Achtete beim Biwakieren strengstens darauf, dass die Latrinenwände schnurgerade gegraben wurden. Kontrollierte die Wachen nächtens unermüdlich. Brachte einen in den Arrest, weil der auf Posten eingeschlafen war. »Wichser, du!«, herrschte er ihn an, ehe er ihn meldete.

Am letzten Tag der Wehrübung dann erntete der Gefreite Pföderl für seine vorbildliche soldatische Pflichterfüllung den Lohn. Der Korporal kommandierte ihn zum abschließenden Manöverschießen ab. Auf dass er für die Gruppe dabei Ehre einlegen könne. Johann Pföderl baute stramm sein Männchen. »Und als zweiter Mann geht der Jennerwein mit!«, ordnete der Unteroffizier unmittelbar darauf an. Dem Gefreiten schien plötzlich erneut der Schweif zu schrumpfen.

Das Schießen aber hatte er gelernt. Nicht erst jetzt im Manöver. Auf der Rangliste der Kompanie ballerte sich Johann Pföderl nach vorne. Brachte Kugel um Kugel ins Schwarze. Allein der Jennerwein hielt mit ihm Schritt. 98 Ringe hatte der Gefreite Pföderl zuletzt in der Kladde stehen, Georg Jennerwein 96. Der Hauptmann kam heran und befahl das Stechen. »Derjenige, der als erster die zehn Dutzend erreicht, ist Kompaniesieger beim Manöverschießen«, bellte er. »Zeigt, was ihr könnt, Männer!«

Dass der Jennerwein tückisch auf ihn lurte, so kam es dem Pföderl auf einmal vor. Doch zusammenscheißen konnte er ihn nicht deswegen, trotz seiner Litzen. Es wäre ungut angekommen beim Hauptmann, der sich noch immer ganz in der Nähe aufhielt. Also atmete der Gefreite bloß tief durch und zog den Kolben an die Schulter. Im gleichen Augenblick rückte ihm der Girgl fast auf Tuchfühlung auf den Pelz. Verbissen brachte Johann Pföderl Kimme und Korn in die Linie und suchte den Druckpunkt. Im gleichen Augenblick, in dem er trotz allem das richtige Gefühl verspürte, vernahm er das Zischeln: »Triff besser ins Schwarze als bei den Weibern!« Der Schuss krachte aus dem mentalen und damit auch körperlichen Verreißen heraus. »Fahrkarte!«, brüllte von drüben, vom Waldrand her, die Ordonnanz. Der Hauptmann ließ ein Raunzen hören. Georg Jennerwein grinste, schlug seinerseits die Muskete an, und Johann Pföderl durfte ihm nach wie vor nicht ans Leder.

Einen glatten Zehnerring schaffte der Gemeine, mitten ins Zentrum der Mannscheibe schlug seine Kugel. 106 zu 98 stand es damit für den Grauäugigen, die Kameraden begannen zu raunen, und dann war erneut der Gefreite an der Reihe. Lange zielte der Pföderl; der Jennerwein ließ ihn in Ruhe diesmal, der Knall kam, die Pulverwolke, und dann signalisierte die Ordonnanz wieder einen Zehner: 108 zu 106 für den Dunklen.

Wenn er jetzt einen schwachen Schuss tut, dachte aufatmend der Hans, dann kann ich's doch noch schaffen! Ich spür's! Er kriegt mich nicht unter, der Sauhund! Ich schieß' wieder einen Zehner! Ich werd' ihm beweisen, dass ich besser bin als er!

Georg Jennerwein, als hätte er die Gedanken des anderen erraten, verzog wie schmerzlich den Mund. Eine Sekunde lang schien sein schiefer Schneidezahn gegen den Gefreiten hin zu blecken. Danach visierte der Gemeine eine kleine Ewigkeit, wie's dem Pföderl schien; als er endlich den Hahn abschlug, schien er zu verreißen. Magere vier Ringe zeigte der Mann drüben am Waldrand an. Von 106 bloß auf 110 war der Girgl gekommen. Einen gepressten Fluch ließ er aus sich fahren, stieß den Musketenkolben hart auf den Boden und handelte sich dafür vom Hauptmann einen missbilligenden Blick ein.

Johann Pföderl aber hatte jetzt Oberwasser. Das Serienglück des Widersachers schien gebrochen. Ein heißes Glücksgefühl durchströmte den Miesbacher, als er erneut feuerte; schon im Augenblick des Abdrückens spürte er, dass die Kugel ins Zentrum fetzen würde – und so war es auch. 118 zu 110 stand es nunmehr für den Gefreiten. Wenn er mich jetzt noch schlagen will, muss er einen Kernschuss tun, dachte, halb im Siegesrausch schon, der Pföderl. Aber den bringt er nicht mehr zusammen; nicht nach dem kläglichen Vierer!

Jetzt war er es, der grinsen durfte; ausgiebig tat es der Miesbacher, fixierte dabei den Gemeinen aus scharf zusammengekniffenen Augenschlitzen heraus. Und der Jennerwein war es auf einmal, der mit dem krummen Buckel dazustehen schien; besiegt. Der des Gefreiten Grinsen bloß noch mit schiefem Maul zu beantworten vermochte.

Fahrig lud der Girgl, hastig, wie desinteressiert. Stopfte die Kugel fest, setzte das Zündhütchen auf, als ginge ihn das alles in Wirklichkeit gar nichts mehr an. Urplötzlich aber, Johann Pföderl bekam es in seiner

Überraschung überhaupt nicht richtig mit, hatte Georg Jennerwein den Kolben an der Schulter, und noch aus dem Anschlagen heraus dröhnte der Schuss. Fahrkarte, unbedingt! dachte der Gefreite, während über dem Stand noch der Pulverqualm waberte. Doch dann sah er drüben das Zehnersignal, gleichzeitig brandete unter den Umstehenden frenetischer Beifall auf. Die 120 Ringe, den Sieg, hatte Georg Jennerwein sozusagen mit der linken Hand geschafft.

Wie vom Schlag getroffen, stand Johann Pföderl da; zwei oder drei Lidschläge später aber begriff er plötzlich alles. Er begriff es, als er das spöttische Funkeln in den Augen des Widersachers sah. Von allem Anfang an hatte der Jennerwein Katz und Maus mit ihm gespielt. Hatte ihn tückisch in die Hoffnung getrieben, hatte ihm die Hoffnung zerschlagen mit Hilfe seines hundsgemeinen Zischelns gleich zu Beginn des Stechens, hatte ihn dann doch wieder nach vorne kommen lassen, hatte ihm den Triumph vor dem Gesicht pendeln lassen – und hatte ihm den Bissen, als er, der Pföderl, gerade danach hatte schnappen wollen, im letzten Moment auf seine hinterfotzige Wildschützenart wieder vom Maul weggerissen. Und jetzt war das endgültige Grinsen an ihm, dem Jennerwein, während er selbst, der Vorgesetzte, der bespöttelte Verlierer war; der Verlierer schon wieder einmal.

Johann Pföderl musste mit ansehen, wie der Hauptmann dem Hundsfott mit Handschlag gratulierte, wie die Leutnants und die Unteroffiziere ihn hudelten, wie die Mannschaften ihn schließlich dreimal hochleben ließen. Und der Gefreite, der sich genau dies so heiß gewünscht hatte, stand wieder einmal im Abseits und musste seinen Hass in sich hineinfressen, bis ihm fast das Kotzen kam, bis es ihn unter der Kragenbinde würgte zum Gotterbarmen.

***

In der folgenden Nacht dann brach dieser Hass aus Johann Pföderl heraus. Beim Manöverball geschah es; hinterm Wirtshaus, vor dem Abtritt trafen der jetzt wieder Krummbucklige und der Schiefzähnige zusammen. Als der Jennerwein wieder das Spötteln anfing, sprang der Gefreite ihn an. Ging ihm an die Gurgel wie ein Tollwütiger, wollte den anderen im Dreck, in der Mistrinne kriechen sehen.

Georg Jennerwein freilich, nachdem er die erste Überraschung überwunden hatte, erwies sich als der bessere und erfahrenere Raufer. Hatte das tückische Schlägern schließlich schon zu Haid, als Kind, gelernt. Hatte zu Gelting damit weitergemacht, hatte später, in den Tegernseer

Wirtshäusern, die brutale Meisterschaft erworben. Jetzt schlug er den Pföderl, den Vorgesetzten, zusammen nach Strich und Faden. Schlug ihn windelweich, im Kreis einer grölenden Soldateska zuletzt, bis dem Gefreiten nichts anderes mehr übrigblieb, als mit blutverschmiertem Mund um Gnade zu betteln.

So endete das Manöverschießen mit einer weiteren beschämenden Niederlage für Johann Pföderl; alsbald jedoch sollte der Hass in noch ungleich schrecklichere Dimensionen ausufern, und die Schuld daran sollte einmal mehr Preußen tragen.

Das erste Signal autokratischen Irreseins in jenem Sommer 1870 kam aus Rom: Papst Pius IX. verkündete auf dem Vatikanischen Konzil das Dogma seiner eigenen Unfehlbarkeit. Etwa zum gleichen Zeitpunkt verfiel auch Prinz Leopold von Hohenzollern-Sigmaringen dem Größenwahn und meldete – auch in seiner Eigenschaft als Verwandter des preußischen Königs Wilhelm I. – seinen Anspruch auf die spanische Krone an. Aus durchaus verständlichen Gründen protestierte daraufhin Frankreich und forderte das preußische und norddeutsche Herrscherhaus auf, den Sigmaringer zurückzupfeifen. Die entsprechende diplomatische Note erreichte Wilhelm I. auf der Kurpromenade zu Ems. Brüsk wies der Monarch den extra aus Paris angereisten Botschafter Benedetti ab. Ein Protokoll über den Affront ging nach Berlin, an Bismarck. Der Kanzler des Norddeutschen Bundes verschärfte eigenhändig den Wortlaut der genannten Emser Depesche und legte seinem König Formulierungen gegen Frankreich in den Mund, die jener so nie gebraucht hatte. In der preußischen Presse wurden die vermeintlich monarchischen Anwürfe gegen Paris am folgenden Tag veröffentlicht.

Dem hirnrissigen Brauch der Zeit folgend, sah sich die französische Abgeordnetenkammer daraufhin unentschuldbar in ihrer Ehre gekränkt. Am 19. Juli erklärten die vorgeblichen Volksvertreter Preußen den Krieg. In Berlin lachte sich Bismarck, der Fälscher und Intrigant, ins Fäustchen. Die Marionetten hatten nach seiner Pfeife zu tanzen begonnen; ganz, wie er es in seiner Tücke vorhergesehen hatte.

Die Mobilmachung der deutschen Armeen erfolgte programmgemäß. Am 31. Juli 1870 marschierte das teutonische Heer, gegliedert in drei Gruppen, an der Grenze im Westen auf. Die Erste Armee, 100 000 Mann stark und unter dem Kommando eines Generals von Steinmetz stehend, lauerte jetzt südlich von Trier. Die Zweite Heeresgruppe, 194 000 Schlachtwillige unter dem Befehl des Prinzen Friedrich Karl von Preußen, stand bei Mainz. Die Dritte Armee wurde vom preußischen Kronprinzen Friedrich Wilhelm in höchsteigener Person angeführt. 130 000 Soldaten, das Gros von ihnen Bayern, waren vorerst zwischen Germersheim und Landau in der Pfalz in die provisorischen Quartiere geworfen worden. Etwa 100 000 Mann an Reservetruppen hielt Generalstabschef Helmuth Graf von Moltke zusätzlich in der zweiten Linie bereit. Den somit etwa 524 000 Bewaffneten des Norddeutschen Bundes sowie seiner süddeutschen Vasallen standen auf französischer Seite ungefähr 336 000 Uniformierte gegenüber. Trotz dieser Unterlegenheit waren es linksrheinische Trompeten, die am 2. August zum ersten Angriff des Krieges auf Saarbrücken bliesen. Vom Feldherrnhügel aus durfte Napoleon III. Zeuge werden, wie die preußischen Truppen, welche die Stadt besetzt hatten, zurückgeschlagen wurden. Zwei Tage später freilich, am 4. August, traten norddeutsche und dazu starke bayerische Verbände der Dritten Armee bei Weißenburg zur Gegenoffensive an.

✳✳✳

Das Biwak, in dem Jennerwein, Pföderl und die übrigen etwa 200 Infanteristen der Kompanie die Nacht verbracht hatten, war schändlich nass gewesen. Auf dem schlammigen Grund war immer wieder das Sickerwasser durch die Zeltleinwände gedrungen, und nun, im Morgengrauen, hegten die Schützen schwere Bedenken, ob ihr Pulver wohl trocken geblieben war. Verludert war auch ein Teil der Verpflegung während der endlosen Bahnfahrt und dann in der feuchtdunstigen Dunkelheit, doch ehe das Meckern deswegen allzu sehr ausufern konnte, kam bereits der nervös gebrüllte Befehl zum Abmarsch.

Georg Jennerwein wusste, dass nicht nur die eigene Kompanie vorrückte, sondern das gesamte Erste Bayerische Armeekorps des Generals von der Tann – und in diesem ungeheuerlichen Verband wiederum auch das Dritte Infanterieregiment Prinz Karls von Bayern, dem er selbst und die Kameraden im ungleich kleineren Rahmen angehörten, doch in der Realität sah er im Augenblick nichts weiter als ein Dutzend Männerrücken vor sich. Wippende Gewehrläufe dazu, Helme, Kochgeschirre, Brotbeutel und Spaten, und der aufgeweichte Boden schien noch zertrampelter und grundloser als im Biwak, und die Laune des Girgl verschlechterte sich mit jeder Viertelmeile mehr.

»Scheißkrieg!«, wandte er sich schnaufend an seinen Nebenmann. »Lieber pirsch' ich eine Woche lang vergeblich auf einen Gamsbock und lass' mich dabei von einem Dutzend Jägern hetzen! Wär' immer noch nicht so schlimm wie das hier! Ich frag' mich, warum wir für die Prinzen und die Herren Generäle eigentlich den Schädel hinhalten müssen?!« Einen fetten gelben Schleimfladen spuckte der Girgl zwischen seine Stiefel, dann ließ er einen derart Groben fahren, dass sein Hintermann unwillkürlich aus dem Tritt kam.

»Die da oben machen's aus – und wir baden's eben aus«, erwiderte der Landser zu seiner Linken. »Und wenn das, was du gerade gesagt hast, der Hauptmann hört, dann lässt er dich an die Wand stellen. Standrechtlich, wie sie's nennen. Weil jetzt, wo wir in die Schlacht gehen, das Meckern als Vaterlandsverrat gilt!«

»Auf das Vaterland scheiß' ich genauso!«, fuhr der Grauäugige auf. »Hab' nie was gehabt davon, in meinem ganzen Leben nicht! Kreuz-kruzitürken auch! Ich hätt' doch nach Tirol abhauen sollen, rechtzeitig! Jetzt hab' ich den Dreck im Schachterl!«

»Meinst du, da bist du der einzige?«, wies ihn der andere, dünn grinsend, zurecht. Gleich darauf zog er den Schädel ein, riss die Knarre von der Schulter, zischelte: »Sakrament, da vorne, da kracht's schon!«

In der Tat waren die Vorhuten auf französische Patrouillen gestoßen. Die Kompanie des Georg Jennerwein spritzte nach links und rechts weg, in die Gräben, in die schlammige Deckung hinein. Drüben, im Weichbild von Weißenburg, gab es die ersten Toten und Verwundeten. Bleichgesichtig, mit einem plötzlichen Quälen im Gedärm nahmen es die meisten zur Kenntnis; einer freilich schien fiebrig geil zu werden angesichts des vorerst noch zögerlichen Metzelns. Johann Pföderl war es, der Gefreite, der gleich neben dem Korporal in der nassen Erdschrunde hockte, und während vorne jetzt weitere Stoßtrupps vorgingen, knurrte der Miesbacher, nicht weniger grimmig als vorhin der Jennerwein: »Scheißdreck!«

»He!«, fuhr ihn, unter der verrutschten Pickelhaube heraus, der Unteroffizier an.

»Weil's wahr ist!«, schnaubte der Pföderl, schien auf einmal ganz auf seine übliche Unterwürfigkeit dem Vorgesetzten gegenüber vergessen zu haben. »Weil wir nicht zum Schuss kommen werden! Hätten denn die verdammten Franzmänner nicht gegen uns heranplänkeln können?! Jetzt haben die vom ersten Bataillon den Feuerbefehl – und dazu die Ehr' …«

»Ach so, das hast du gemeint«, versetzte der Korporal. Im nächsten Augenblick verflackerte das Scharmützel auch schon wieder. Die Franzosen zogen sich in Richtung auf Weißenburg zurück, die Kompanie kam aus der Deckung, und während er wieder in Gleichschritt mit dem Miesbacher fiel, fügte der Unteroffizier noch hinzu: »Kannst es wohl kaum erwarten, dass du dich auszeichnest, was?!«

Johann Pföderl blieb ihm die Antwort schuldig, straffte sich lediglich, rückte das Gewehr vorschriftsmäßig auf der Schulter gerade. Das Bild des perfekten Soldaten bot er, doch im Schädel wirbelte es ihm gleichzeitig wild. Du hast ja recht, dachte er. Hast es genau begriffen! Die Korporalslitzen will ich haben, selbst wenn ich meine Seele dafür dem Teufel verschreiben muss! Vielleicht fällst du, oder du wirst verwundet – dann trete ich an deine Stelle. Dann gehört die Gruppe mir, dann habe ich das Sagen …

Instinktiv hatte der Dunkle schon gleich bei der Mobilmachung die Chance gewittert, die der Krieg ihm bot. Und das war wie ein seelischer Befreiungsschlag gewesen für ihn; ein vorerst freilich noch theoretisches Durchbrechen aller seiner bislang so kläglichen Horizonte und Erfahrungen. Schon bald würden bloß noch Pulver und Blei zählen, hatte er sich, im Innersten fast epileptisch keckernd, gesagt, und damit würde sich dann alles Widerwärtige in den Abgrund knallen lassen, für immer. Im Schwefelgewölk würde der Gendarm verschwinden; im Kugelfetzen die nie verwundene Tatsache, dass sie ihn damals, 1866, nicht als Freiwilligen angenommen hatten. Und gleichzeitig würde er in die Münchner Weiber, die hurenglitschigen, das Bajonett hineinrennen. Untergehen im Artillerieebersten würde das Manöverschießen und zusammen mit dem der tückische Jennerwein; die Schlägerei im Frühjahr würde nicht mehr gelten, und das Kriechen im Dreck, das er damals hatte üben müssen, würde nun, unter den veränderten Umständen, ins Heldische umschlagen. Denn die Welt hatte sich gedreht, von einem Tag auf den anderen; die Vergangenheit war tot, und alles, worum es jetzt noch ging, war das Menschenschießen. Das Menschenschießen, das ihm die Achtung der anderen eintragen würde, mit dessen Hilfe er die wieder und wieder vergeblich erflehte Anerkennung finden konnte. Und Johann Pföderl, dem seit der Mobilmachung ein Raubtier in der Brust zu lauern schien, spürte jetzt, beim Marschieren, ganz genau, dass er nicht wieder versagen, dass er es endlich schaffen würde.

So brachte der Gefreite die letzte Etappe des Vormarsches auf Weißenburg stramm wie nie und mit einem seltsam entrückten Lächeln auf den dünnen Lippen hinter sich, und als zuletzt von den Festungswällen herunter erneut die Kugeln zu zwitschern begannen, war Johann Pföderl der erste seiner Abteilung, der das Feuer erwiderte; noch vor dem Korporal und dem Jennerwein hatte er den Musketenhahn aufgezogen und abgedrückt.

Alsbald wurden die Gewehrläufe heiß. Die Franzosen und die Deutschen verbissen sich tierisch ineinander. Das Kugelhageln schien ein ganz neues, blasphemisches Firmament über das von jeher geschlagene Grenzland zu legen. Unterm Einzel- und Salvenfeuer der Infanterie preschten die Kanonenbatterien nach vorne und nisteten sich im

Halbrund um die jetzt bereits rauchverschleierte Stadt ein. Gegen das Bitscher und das Landauer Tor heulten die Granaten. In den Gräben, auf den Bastionen zerplatzten die Schrapnells. Die schwersten Kaliber wurden gegen das Schloss gerichtet. In Trümmer fielen allmählich die Vorstädte und dann der Bahnhof. Den Vormittag über brachten versuchsweise deutsche Infanterievorstöße trotzdem nichts weiter als entsetzliche Verluste ein. Kompanien gab es, die innerhalb weniger Stunden auf die Hälfte ihrer Sollstärke zusammenschrumpften. Das Verrecken blühte auf, tausendfach. Die Einheit freilich, bei der der metzelsüchtige Pföderl stand, geriet allmählich eher an den Rand des blutigen Geschehens. Die Menschenleiber, die er über Kimme und Korn anvisieren durfte, wurden weniger. Gegen Mittag verlangte die Strategie es, dass der jetzt noch klotziger befohlene Infanteriesturm von anderen Kompanien und Regimentern durchgeführt wurde. Die deutsche Artillerie hatte mittlerweile die Stadt mehr oder weniger in Grund und Boden geschossen. Straßenzug um Straßenzug wurde nun von den Nahkampftruppen gesäubert, wie es im Militärjargon hieß. Drei volle bayerische Regimenter schossen und bajonettierten sich durch bis auf den Marktplatz. Die überlebenden französischen Verteidiger zogen sich auf den Geißberg, aufs Schloss dort, zurück.

Draußen, im Weichbild der Stadt, befahl der Korporal dem Pföderl, das Feuer einzustellen. Der Gefreite, das Gesicht schwarz vom Pulverschleim und die Augen rot unterlaufen, gehorchte nur widerwillig. Drüben gingen die massierten Artillerieschläge jetzt auf die feudalen Mauern nieder. Nach dem Sturmreifschießen kam die deutsche Infanterie trotzdem nicht schneller als im zähen Schritt voran. Aus hundert Fenstern und Scharten heraus spie der verwinkelte Palast noch immer Feuer. Ein Major von Kaisenberg fiel mit der Fahne in der Hand; ein Leutnant Simon, der den Fetzen danach an sich brachte, verreckte unmittelbar darauf. Dennoch protzten jetzt immer mehr deutsche Kanonen in unmittelbarer Nähe des Schlosses ab. Die schweren Kaliber kartätschten immer mehr französische Stellungen zusammen. Am frühen Nachmittag ergaben sich die letzten Verteidiger bedingungslos. Gerade noch zweihundert Mann, viele davon verwundet, kamen mit erhobenen Händen ins Freie.

Ins Gefangenenlager wurden sie abtransportiert, während die Kompanie Jennerweins und Pföderls nahe der Bitscher Chaussee Biwak bezog. Beide Soldaten, obwohl im Charakter so unterschiedlich, besorgten sich Schnaps. Während der Wildschütz jedoch sein ehrliches Entsetzen hinunterzuschwemmen versuchte, trank der Gefreite gegen seinen Frust an. Nur sehr schwer konnte er es verwinden, dass er bloß im Graben gelegen hatte, dass ihm der Sturm gegen das Schloss nicht vergönnt gewesen war.

***

Zwei Tage später allerdings, im Verlauf der Schlacht bei Wörth, durfte Johann Pföderl zum ersten Mal Auge in Auge mit dem Todfeind metzeln. Nahe dem Dorf Fröschweiler war es, wo sich die Kompanie in eine größere französische Einheit verbiss. Durch den schütteren Wald knallten die Schüsse; allmählich löste sich das Gefecht in einen Kampf Mann gegen Mann auf. Einen Turko knallte der Gefreite auf zehn Schritte Distanz ab; die Schädeldecke fetzte er ihm weg mit seiner Kugel. Ein gellender Triumphschrei brach dem Pföderl aus dem Rachen; übers Gewehr stürzte er sich wie über ein Weib, um den Lauf erneut mit Pulver und Blei zu stopfen. Ehe er die Waffe jedoch wieder schussbereit hatte, brach ein zweiter Dunkelhäutiger aus dem Dickicht. Gleich einem Panther hetzte er gegen den Miesbacher heran, beide Fäuste um den Griff des orientalischen Säbels geklammert. Sein Geschlecht spürte der Gefreite jäh schrumpfen, gleichzeitig aber stand ihm plötzlich das aufgepflanzte Bajonett eisenhart vor den Lenden. So ließ er den Turko auflaufen, hineinrennen in den geschliffenen Stahl; einen Lidschlag, ehe der Säbel ihn selbst köpfen konnte. Wie ein Orgasmus war es, als er das feindliche Fleisch durch die eigene Waffe hindurch fiebern spürte; wieder schrie er grell, dann drehte er das Eisen im Gekröse des jetzt schon Sterbenden, des sich agonisch schon Windenden, der nun auf einmal unter ihm lag wie ein Weib. Schwer wurde es ihm, sich, seinen eisenkalten Penis dazu, wieder herauszureißen aus dem blutübersudelten Leib; er schaffte es letztlich nur, weil das Metzeln ihn weiterriss, ins neuerliche Schlachten, ins neuerliche Abwürgen, in die neuerliche blasphemische Klimax hinein. Neben der Muskete, dem Bajonett trug er jetzt auch den Säbel des Turkos bei sich, führte ihn neben den ihm angedrillten Waffen wie im Rausch und zählte seine Opfer nur noch unbewusst im ungeheuerlichen mentalmörderischen Schrillen, bis irgendwann der Blutrausch verflachte, bis ihm ein Trompetensignal ins Gehirn schmetterte, das scharfe Tremolo zum Rückzug, und er sich widerwillig, unendlich widerwillig, aus der satanischen Erfüllung zu lösen hatte.

Der Militärbericht meldete später, dass es beim Kampf um die Fröschweiler Höhen weder für die Franzosen noch für die Deutschen einen Sieg gegeben hatte; im Fall des Johann Pföderl allerdings traf dies nicht zu. Er hatte gesiegt, er hatte sich bewiesen, er hatte den Feind unter sich gehabt, hatte getrampelt, geschossen und bajonettiert, und dafür wurde ihm später, im Biwak, auch die Anerkennung zuteil; dafür stand er jetzt unangefochten im Mittelpunkt. Die Kameraden – plötzlich waren sie es – umringten ihn, hatten ja schließlich gesehen, was er im Kampf geleistet hatte, welch ein wilder Teufel er gewesen war, und nun schlugen sie ihm auf die Schultern, und selbst der Jennerwein konnte nichts dagegen machen, war abgemeldet an diesem heißen, stickigen Augustabend. Er, der Pföderl, aber war der Held, durfte sich sonnen im nachwabernden Dunst des Blutruches – und musste immer wieder den Säbel vorzeigen, die barbarische, unchristliche Turkowaffe, die er so kühn erbeutet hatte. Schnaps bot ihm der Korporal an, eine Zigarre der Sergeant, und später, als sich das Ungewöhnliche noch weiter im Lager herumgesprochen hatte, tauchte sogar der Hauptmann auf, ließ sich den Namen des Pföderl nennen, überlegte, kniff hinter seinem Monokel das Augenlid scharf und raunzte schließlich anerkennend: »Du bist beim Manöverschießen damals Zweiter geworden, ja?«

Als hätte er einen Orden bekommen, so fühlte sich der Gefreite plötzlich; selbst dass ein anderer den ersten Rang errungen hatte, im Frühjahr, kratzte ihn jetzt nicht mehr. Er vergaß es einfach, verdrängte es; der Jennerwein brauchte von nun an gar nicht mehr für ihn zu existieren; auch der Gendarm nicht und nicht die Münchner Hure; gar nichts mehr von dem, was ihn letztlich so ungeheuerlich ins Metzeln getrieben hatte. Nur das Besäufnis gab es zuletzt noch und dazu die brutwarme Geborgenheit in der Kameradschaft, und am nächsten Tag marschierten der Pföderl und der Korporal Seite an Seite wie Freunde weiter und trieben die Truppen des Generals MacMahon, die sich jetzt auf Châlons-sur-Marne zurückzogen, vor sich her.

✻✻✻

Den ganzen August hindurch ging das Menschenschießen weiter; nach dem Fall von Wörth, Elsaßhausen und Fröschweiler kam es in der Mitte des Monats zum Schlagen bei Colombey-Nouissy, ebenso zum gegenseitigen Abschlachten bei Vionville-Mars-la-Tour. Von dort aus schien der Krieg auf Metz schielen zu wollen; auf dem Marsch dorthin gelang es den Deutschen, die Festung Toul im überraschenden Handstreich zu nehmen. Das folgende Metzeln bei Gravelotte sollte in die Militärgeschichte eingehen; weniger ergiebig für die Geschichtsschreiber war die Wegnahme von St. Marie aux Chênes durch die deutschen Truppen. Den Soldaten freilich – den linksrheinischen ebenso wie den rechtsrheinischen – konnten solch historische Aspekte ohnehin gleichgültig sein; zumindest denjenigen unter den einfach Uniformierten, die weniger ruhmsüchtig waren als Johann Pföderl. Die hatten, während die siegreichen oder unterliegenden Generäle, Marschälle und Hochadligen trotz allem Sekt schlürften, zu bluten, zu schanzen, zu marschieren und wieder zu bluten. Denen krochen die Läuse über die eiternden Wunden, in die Achselhöhlen und ins stinkige Schamhaar; denen brach der Dünnschiss aus den geschundenen Leibern, reihenweise auf den Mannschaftslatrinen; die fraßen das angeschimmelte Brot und soffen das faulige Wasser aus den Straßengräben; die schachteten Massengräber aus, beinahe jeglichen Tag.

Massengräber für die Schädellosen, die ins Schrapnell gerannt waren; Massengräber für die ohne Arme und Beine; Massengräber für andere wieder, die man in die eigenen herausquellenden Eingeweide verbissen auffand; Massengräber für solche, denen es die nackten Lungen durch die zersplitterten Rippen getrieben hatte; Massengräber für unkenntliche Fleischfetzen bloß noch, für unbeschreibliche Haufen Rohes und Blutiges; Massengräber für die Früchte, die blasphemischen, die der menschliche Machtwahn jetzt tagtäglich tausendfach aus sich trieb.

Dazu das zum Himmel schreiende Leid in den Lazaretten: Amputationen ohne Betäubung; das Messer durchs Schenkel-, durchs Waden-, durchs Schulterfleisch, die Säge kratzig durch die Knochen. Drainagen, aus den Eiterherden in der Bauchhöhle, der Lunge, dem kindskopfgroß aufgetriebenen Hodensack heraus. Gliedlose Menschenstümpfe in den von der Decke baumelnden Netzen; die Blechschüssel darunter, die das Blut, das Sekret auffing. In ihrer ewigen Dunkelheit die Blindgeschossenen; unter denen die meisten Selbstmörder. Diejenigen, die sich den Schädel einrannten am Mauerwerk, an den eisernen Fenstergittern; diejenigen, die um der finalen Erlösung vom Menschsein willen noch einmal zur Waffe griffen. Wahnsinnige dazu; Kotfresser, Schüttler, Zitterer, endlos und ununterbrochen Brüllende, in den religiösen Wahn Verfallene; solche auch, die im Grauen zu Satansanbetern geworden waren. Sich durch die Fratze des Krieges säbelnd, blutbespritzt vom Scheitel bis zur Sohle, die Stabsärzte, die hastig ausgebildeten Sanitäter ohne jegliche Operationserfahrung. Und dazwischen, um der Blasphemie das scheinheilige Krönchen aufzusetzen, die Adelsweiber, die Baronessen und Komtessen, die für die verratenen und verkauften Landser fromme Sprüche und Heiligenbilder übrig hatten und sonst nichts; die nach erledigtem Werk der Barmherzigkeit, der vermeintlichen, fromm die Augen zum Himmel erhoben und im aristokratischen Gottsäuseln, im einmal mehr bewährten Bündnis von Thron und Altar das wieder vergaßen, was sie eben noch gesehen hatten.

Der Krieg aber fratzte weiter, und während MacMahon sich mit Bazaine zu vereinigen versuchte, schwenkte die Dritte Deutsche Armee, bei der auch die beiden bayerischen Korps standen, auf Châlons ein. Wenig später stieß die Maas-Armee unter dem Oberbefehl des Kronprinzen von Sachsen dazu, und nun sah sich MacMahon gezwungen, einen verzweifelten Durchbruchsversuch zu unternehmen, ohne dass ihm Bazaine noch rechtzeitig hätte zu Hilfe kommen können. In den letzten Augusttagen flackerte das Metzeln damit erneut ungeheuerlich auf.

***

Johann Pföderl und ein paar andere Infanteristen waren an diesem Tag zur Artillerie abkommandiert worden; eine Batterie von Reservegeschützen sollte unter zusätzlicher Bedeckung nach vorne gebracht werden. Der Dunkle und seine Leute sicherten links und rechts des ausgefahrenen Karrenweges, griffen gelegentlich auch in die Speichen der Protzen, wenn der von tausend Stiefeln und Hufen zermahlene Grund zu schlammig wurde. Drüben, wo die Stadt Metz lag, schien sich der Himmel in regelmäßigen Abständen wie unter einem Blutsturz rötlich einzufärben. Drehte der flackrige Wind, dann trug er immer wieder das Kanonenraunzen und dazwischen das dünne Musketenknattern heran.

Der Gefreite sehnte sich danach, ganz vorne an der Front rennen, feuern, säbeln und schlachten zu dürfen; das grelle, befreiende Ausbrechen von Fröschweiler, von anderen mörderischen Exzessen saß ihm nach wie vor in den Gehirnwindungen fest. Doch der heutige vermaledeite Tag schien ihm weiteren Ruhm nicht einbringen zu wollen; während die Geschütze weiter und weiter durch den Schlamm rasselten, fluchte Johann Pföderl immer häufiger, griff auch immer öfter nach der Feldflasche, in der er den Schnaps hatte.

Aber dann, ganz plötzlich, aus einem Hohlweg heraus der Kavallerieangriff. Drei, vier Dutzend Dragoner, die Säbel waagrecht wie Lanzen gezückt. Die Bedeckung der ersten Haubitze fiel im Handumdrehen, um die zweite und dritte entbrannte gleich darauf der Nahkampf. Die vierte, neben der Pföderl marschiert war, blieb im Augenblick eher unbeachtet stehen. Hinterm Protzenwagen kauerte der Gefreite und feuerte, so schnell er konnte. Legte einen Franzosen um, dann noch einen; einen Lidschlag später aber gingen die beiden verdammten Artilleriegäule durch. Sie zerrten die Kanone davon, bis in den Hohlweg hinein; dort blieben die schweren, nebeneinandergeschirrten Pinzgauer wie in einem Flaschenhals stecken. Pföderl war neben der Haubitze hergerannt, um der Deckung willen; als er jetzt die Muskete erneut anschlug, sah er, dass das Scharmützel für die Deutschen bereits so gut wie verloren war. Bloß noch ein knappes Dutzend wehrte sich im wild kreisenden Ring der französischen Dragoner, aber dann zogen sich die auf einmal wieder zurück, um sich zum finalen massenhaften Überreiten des Feindes zu formieren.

Johann Pföderl sah diese Absicht der Kavalleristen voraus; er sah auch, wie die überlebenden Deutschen jetzt entsetzt zu rennen begannen. Den Leutnant sah und hörte er verzweifelt und vergeblich noch brüllen, und dann fielen die Dragonerrappen auch schon wieder in Galopp, und der säbelschwingende Pulk fegte schier apokalyptisch heran – mitten hinein ins Heulen und in den Feuerschweif der Haubitzengranate.

Der Gefreite, einmal mehr zur Kampfmaschine geworden, hatte das ihm verbliebene Geschütz wie ein Rasender geladen, hatte es auch noch ausrichten können, im allerletzten Moment, und jetzt schien das Geschoss eine fleischfetzige und blutsprühende Furche durch das Reiterrudel zu pflügen; der ungeheuerliche Hieb aus nächster Distanz ließ den Angriff von einem Herzzucken zum nächsten in sich zusammenbrechen. Und dann machten auch die Fliehenden kehrt, zwischen ihnen tauchten plötzlich andere Bayerische auf; eine oder zwei Gewehrsalven später lebte von den Dragonern kein einziger mehr. Hinter seiner Haubitze, jetzt wieder die rauchende Muskete in den Fäusten, schrie Johann Pföderl seinen irrwitzigen Triumph heraus; er schrie und heulte wie ein Wolf, bis er unvermittelt die Epauletten vor sich sah.

Der Leutnant war es; Schnaps bot ihm der Offizier an, danach belobigte er ihn für seine Tat vor jetzt wieder versammelter Mannschaft, die Toten und Verwundeten ausgenommen: »Sie haben, ganz ohne Zweifel, die Batterie gerettet, Herr Gefreiter! Werde Meldung darüber erstatten, bei Ihrem Kommandeur!« Anschließend der Befehl an die Mannschaften zum dreifachen Hurra; auch das Schulterklopfen, die Kameradenwärme wieder. Am Wegtragen der Leichen, der Fleischfetzen brauchte sich Johann Pföderl selbstverständlich nicht zu beteiligen. Das Stöhnen, Wimmern und Schreien der Verwundeten überhörte er im nunmehr schnell wachsenden Schnapsrausch. Marschierte mit glühendem Schädel noch zwei oder drei Meilen weiter mit der geretteten Batterie, bis die Protzenstellung erreicht war, stieß spät in der Nacht weiter vorne wieder auf seinen eigenen Haufen. Auch dort wieder Schnaps, das ruppige Erzählen, das Prahlen dazu, und am nächsten Tag dann wurde er direkt aus dem Graben zum Hauptmann befohlen.

Der trommelte an Chargen und Mannschaften zusammen, was auf dem Gefechtsstand gerade greifbar war. Ließ sie antreten, sauber ausgerichtet, ließ den Gefreiten Pföderl dann vor dieser Front gönnerhaft sein Männchen bauen. Erklärte den angespannt Lauschenden wann, wo, wie und warum! Stellte ihnen den Pföderl als leuchtendes Vorbild hin. Als einen, der nicht erst gestern seine erste Heldentat vollbracht habe. Befahl dann auch seinerseits für den Pföderl ein dreifaches Hurra. Beförderte ihn daraufhin mit Handschlag und straff gerecktem Kinn zum Korporal. Heftete ihm dazu den Mannschaftsorden ans Uniformtuch. Und übergab ihm zuletzt die Führung einer Gruppe, deren Unteroffizier in der vergangenen Nacht gefallen war.

Johann Pföderl, die nagelneuen Litzen an der Uniform, lief zurück zu den Schützengräben, wie auf Wolken. Auf der Suche nach dem Haufen, den er jetzt befehligen durfte, begegnete er dem Jennerwein. »Na, du großer Held!«, begrüßte ihn der andere spöttelnd. »Meinst du nicht, dass wir zusammen einen saufen sollten, auf deinen Ruhm?«

Johann Pföderl war einen Augenblick lang wirklich versucht, genau das zu tun. Weil er jetzt sogar die Anerkennung seines alten Widersachers errungen hatte. Aber dann durchschaute er den Jennerwein auf einmal, begriff, warum in Wahrheit es in dessen Pupillen so verräterisch lichtelte, und jäh schien ihm unterm dekorierten Uniformtuch der alte Buckel wieder aufgewuchert zu sein. Ebenso jäh klammerte er sich einen Lidschlag später innerlich an seinen Litzen fest und schnauzte den so unerträglich Grinsenden an: »Stillgestanden, Gemeiner! Das Gewehr … über! Das Gewehr … ab! Dass du es lernst, dass wir nicht zusammen Säue gehütet haben! Saukrüppel, du! Und … hinlegen! Und … robben! Weil du einen Unteroffizier angeredet hast wie eine billige Hur'! Und … weiterrobben, Saftsack, du!«

Strafexerzieren ließ der Pföderl den Jennerwein, bis dem die Gebirglerknie weich wurden. Und konnte und konnte nicht aufhören damit, bis in der Nähe ein Offizier auftauchte. Erst dann scheuchte er seinen Todfeind wieder nach vorne, in den Schützengraben. Keuchend, mit vor unterdrückter Wut zerbissenen Lippen, verschwand der Girgl. Johann Pföderl, nachzitternd wie nach einem Orgasmus, machte sich zum eigenen neuen Unterstand auf. Und setzte dort, weil er angeblich zu nachlässig gegrüßt worden war, gleich wieder Strafexerzieren an, während über den Balkenverhau hinweg die deutschen und die französischen Granaten ihre heulenden Bahnen zogen.

***

Wenige Tage später, am 1. September 1870, flügelten die Kanonenkugeln über Sedan hin; wiederum wurde Kriegsgeschichte geschrieben, denn gegen Ende der dortigen Schlacht kam es zur Gefangennahme Napoleons III. in der Nähe des Dorfes Donchery. Dort auch kapitulierte der Kaiser, Bismarck diktierte ihm die Übergabebedingungen, anschließend wurde Napoleon auf Schloss Wilhelmshöhe bei Kassel interniert. Zusammen mit ihm gingen 39 Generäle, 2300 Offiziere und 83 000 Mann in Gefangenschaft. Lediglich die Städte Straßburg und Metz leisteten, mehr oder weniger auf eigene Faust, den deutschen Großmachtsträumen jetzt noch Widerstand, doch im Lauf des Septembers und dann des Oktobers ergaben sich auch die dort noch liegenden Truppen. Der Korporal Pföderl stand vor Metz Gewehr bei Fuß und hatte seine Gruppe stramm im Kreuz, als die 187 000 Soldaten Bazaines unter jetzt schon herbstlichem Himmel kapitulierten.

Später marschierte der Unteroffizier weiter in Richtung Paris; allerletzte französische Einheiten wurden auf dem Weg dorthin geschlagen, und noch einmal durfte Johann Pföderl auf Menschen schießen und sich im jetzt immer leichter zu erringenden militärischen Ruhm sonnen.

In der Januarmitte 1871 dann besetzten deutsche Truppen das Schloss Versailles, und am 18. dieses Monats kam es im berühmten Spiegelsaal zur Gründung des Deutschen Reiches. Die süddeutschen Staaten, vom Sieg berauscht, stimmten einer dauernden Vereinigung mit dem Norddeutschen Bund zu; lediglich Ludwig II. von Bayern machte Sperenzchen, bis dann der Bismarcksche Emissär Graf Holnstein die Tatsache ausnützte, dass der Monarch sich nach einer Zahnextraktion auf Schloss Hohenschwangau im Äthertaumel befand, und dem Hirnweichen die entsprechende Unterschrift auf diese Weise doch noch zu entlocken vermochte. So also wurde das Deutsche Reich geboren aus dem Metzeln und verschiedenartigen Betäubtheiten heraus, und aus dem Blut-, Champagner- und Ätherdunst empor stieg König Wilhelm von Preußen zum teutonischen Kaiser auf; Bismarck wurde zum Reichskanzler ernannt.

Der Preis war eine generationenlange Erbfeindschaft, dazu kamen

Zehntausende von Toten und Verwundeten, seelisch Gebrochene und Verbogene wie Johann Pföderl außerdem. Doch dies scherte die Hurraschreier im Spiegelsaal von Versailles nicht, und auch nicht viele unter den einfachen Soldaten begriffen, was in Wahrheit und ungeschminkt geschehen war. Sie begriffen es nicht – oder aber verdrängten das Wissen schleunigst wieder, denn nunmehr hatten sie ja den Sieg in der Tasche, den Triumph und den Ruhm. Am 28. Januar 1871, als das nunmehr nationale Heer in Paris einzog, sahen sie die Fahnen flattern und durften sich am eigenen Stiefeltrampeln besaufen bis zum Gehtnichtmehr, und auch die Kaiserkrone war jetzt da, und mit der war der Traum von einem besseren Leben ins zuvor meist so graue Dasein der Landser gelangt, und deswegen verschlossen sie jetzt nur zu gern die Augen vor der kürzlich noch erlebten Realität – und hielten sie geschlossen, als sie nach dem Friedensschluss zuletzt heimkehrten; als Helden.

Die meisten zumindest handelten so, ganz ohne Zweifel der Pföderl; vielen aber gingen die Augen dann alsbald schmerzlich wieder auf, und zu denen gehörte, schon im Frühjahr 1871, Georg Jennerwein.

DIE UNTERSCHWAIG

Beim Wirt zu Gmund hockte der Girgl, über der fünften oder sechsten Mass Bier schon. Auch etliche Stamperl Enzian hatte er geschluckt; rauschig war er, obwohl der Nachmittag noch in seinem vollen Licht stand. Jetzt schrie er nach weiterem Schnaps; als der Schenkkellner der Einfachheit halber gleich die ganze Flasche herantrug, hielt der abgehalfterte Feldzugsteilnehmer ihn am Lederschurz fest und rüsselte ihn an: »Hol dir auch ein Glasl, dann setz dich her zu mir, und hilf mir beim Saufen! Weil's eh nichts Besseres zu tun gibt, weil eh auf alles geschissen ist!«

Der Bräubursche ließ sich's nicht zweimal sagen; auch ihm schien heute eine Laus über die Leber gelaufen zu sein. Mit dem Girgl stieß er an, einmal, dann gleich noch einmal. Nachdem er einen satten Rülpser losgeworden war, erkundigte er sich: »Der Sägemüller hat wirklich zu dir gesagt, dass er dir keine Arbeit mehr geben kann?!«

Georg Jennerwein, rotgeädert die Augäpfel, ein grimmiges Sträuben im Schnauzer, brannte sich eine Virginia an, eine getaufte. Durch den Qualm hindurch raunzte er sodann beleidigt: »Das Holz bringen s' jetzt über die französische Grenze herein. Reparationen nennen sie's. Auf gut Bayerisch: Es kostet ihnen nichts, den großen Herren. Zahlt ja alles der Welsche. Und bei uns, im Gebirg', liegen die Schlagstätten deswegen tot da. Am Öder Kogel geht nichts mehr, am Gaßler Berg auch nicht. Bloß am Schwärzenbach hat der Sägemüller noch ein paar Leute im Lohn. Aber das sind die, die schon immer bei ihm gewesen sind, seit fünfzehn, zwanzig Jahren schon. Die mit den Kindern und den Weibern am Hals. Die brauchen halt den Lohn noch nötiger als die Junggesellen, die heimgekommenen Soldaten. Und so geht's jetzt an uns aus, Kruzifix, dass wir den Krieg gewonnen haben!«

»So ist's! Die Großen haben ihn gemacht, und wir Kleinen haben das Schlamassel!«, pflichtete ihm der Schenkkellner bei. »Mein Schwager, zum Beispiel, der ist bei Sedan dabeigewesen. Aber bei der Siegesparade in München nicht. Weil er bloß noch einen Fuß gehabt hat, nach Sedan. Deswegen haben dann in München die Generäle und Prinzen ohne ihn paradiert, unter dem Glockenläuten und unter den Fahnen. Die nämlich haben ihre gesunden Glieder alle noch gehabt. Die haben ja auch bloß kommandiert und haben die Köpf nicht hingehalten.«

»Die brauchen auch keine Arbeit im Holz«, kam der Girgl wieder auf sein eigentliches Thema zurück. »Aber ich schon! Und die Kameraden, die draußen neben mir im Schützengraben gelegen haben, auch! Himmel, Arsch und Wolkenbruch! Dem Sägemüller, der Fettsau, hätt' ich den Lagerplatz anzünden können, wie ich auf einmal ein Arbeitsloser gewesen bin!« Einen Enzian kippte Georg Jennerwein, schwemmte mit Bier nach, brachte die Virginia grässlich zum Glühen. »Aber was tät' denn ein Feuer in Gmund nützen?«, zischelte er dann. »Wenn, dann müssten schon gleich die Paläste in Rauch und Flammen aufgehen! Den Prinzen Karl von Bayern müsst's treffen, den ganz großen Herrn bei uns da am Tegernsee! Dem müsst' man einmal zeigen, wo der Bartl den Most holt! Dass er und das andere Wittelsbacher-Gesocks es sich für alle Zeiten hinter die Löffel schreiben täten …«

»Ein anderer als ich wenn dich jetzt gehört hätt' und tät' dich hinhängen, das könnt' dich teuer zu stehen kommen«, wiegelte der Saufkumpan des Girgl, erschrocken auf einmal, ab. »Glaubst denn nicht, dass du irgendwo anders vielleicht doch noch eine Arbeit findest? Am Schliersee drüben, so hab' ich jedenfalls läuten hören, soll's nicht ganz so schlimm stehen wie hier. Oder du gehst für ein oder zwei Jahre nach Tirol hinüber, bis bei uns die Zeiten wieder besser geworden sind.« Er grinste schief über seinen Stamper hinweg. »Die Österreicher nämlich sind nicht so siegreich gewesen wie wir, deswegen gibt's bei denen noch immer Arbeit und Brot.«

»Zu überlegen wär's«, murmelte Georg Jennerwein. »Eine Heimat hab' ich eh nie gehabt. Zu Haid nicht, zu Gelting nicht, und auch hier ist's immer bloß die Holzknechtsbaracke gewesen. Warum also nicht ins Ausland gehen, wenn's dort vielleicht besser ist? Aber heut mag ich mir den Schädel nicht mehr zerbrechen deswegen. Heut mag ich bloß noch meinen Rausch haben! Wenn die Flasche da hingemacht ist, Bruder, bringst du uns eine neue. Und eine frische Mass brauch' ich auch wieder! Da schau her – der Keferloher ist leer!« Dem zufälligen Reim, der ihm aus dem Maul gefahren war, sinnierte der Girgl mit dröhnendem Schädel nach, dann begann er auf einmal keckernd zu lachen und keckerte sich in der Folge immer tiefer in seinen Rausch hinein, bis er nichts mehr wusste, gar nichts mehr.

***

Spät am nächsten Morgen erwachte er im Heustadel hinter dem Wirtshaus. Einen Geschmack hatte er im Mund, dass er auf der Stelle hätte kotzen können. Und die rechte Schulter war grässlich verschwollen und steif. Ob er am Ende gar noch in eine Rauferei hineingeraten war, überlegte er, während er sich am Brunnentrog notdürftig wusch. Aber keine Erinnerung kehrte ihm zurück, kein Fetzen. Stattdessen kam jetzt wieder der Durst. Doch der Grauäugige verkniff sich die Rückkehr in die Gaststube, schlaunzte bloß eine Menge kaltes Wasser in sich hinein, dann machte er sich – immer noch taumelig – auf den Weg hinüber zum Schliersee. Denn das hatte er schon noch im Schädel, dass ihm der Schenkkellner dazu geraten hatte, es am Schliersee zu versuchen oder in Tirol. Österreich freilich schien ihm für den heutigen Tag zu weit; schon bis Hausham hinüber pfiff er aus dem letzten Loch. Nachdem er sich im dortigen Wirtshaus aber mit einer Brotzeit und zwei Mass Bier gestärkt hatte, fand er die Kraft, das Klinkenputzen und das Betteln um Arbeit anzufangen.

Da und dort sprach er vor und horchte er herum, und dann, in der Westenhofener Gemeinde, hatte er Glück. Der Bauer zu Unterschwaig, dem etliche Hundert Tagwerk Wald gehörten, suchte einen neuen Holzknecht, weil einer von seinen alten Leuten bei Gravelotte geblieben war. Georg Jennerwein, nachdem ihm der gleiche Lohn wie vor dem Krieg zugesichert worden war, schlug ein. Und in die Baracke musste er am Schliersee auch nicht mehr. Eine leerstehende Kate in Hofnähe hatte der Unterschwaiger für ihn; dort konnte er in Zukunft hausen, am eigenen Herd. Die Wälder am Pürstling und am Schliersberg waren von der Hofstelle aus jeden Morgen schnell zu erreichen.

Zu dritt zogen sie hinauf, die erste Woche über: der Girgl, dazu der Wastl und der Lorenz, die beide verheiratet waren und direkt in Westenhofen auf ihren Gütlerstellen lebten. Ein paar Tage dauerte es, bis Georg Jennerwein sich zusammengerauft hatte mit den Alteingesessenen; nachdem sie aber erst gesehen hatten, dass er hinlangen konnte mit der Säge und mit der Axt, nahmen sie ihn in ihren Kreis auf und fassten Zutrauen zu ihm. Zögerlich trieb der Girgl dank der harten Knochenarbeit heraus aus der Erinnerung an den Krieg, wurzelte sich Beilhieb um Beilhieb und Sägezug um Sägezug wieder ein in die gebirglerische Welt, und dann, am ersten freien Sonntag, fiel ihm die Mirl, die Sennerin auf der Buchbergeralm oberhalb von St. Quirin, wieder ein. Der Stutzen, aber eigentlich eher hinten im Schädel, dazu. Ebenso die Spielhahnfeder, die er damals im Beutel zusammen mit dem Pulver und dem Blei bei ihr gelassen hatte. Einen Juchzer ließ Georg Jennerwein durch die noch morgendämmrige Katenstube schallen, dann machte er sich unverzüglich auf den Weg.

Direkt am Wallenburger und dann am Öder Kogel vorbei lief er hinüber. Als er den letztgenannten Gipfel passierte, wurden ihm die alten Erinnerungen mehr und mehr wach. In das Revier war er zurückgekehrt, in dem er seine ersten schwarzen Schüsse abgegeben hatte. Der Kitzel, die Lust am Verbotenen, lichtelte ihm wieder hinein ins Gehirn und ins Herz. Das andere Sehnen kam hinzu. Volle drei Jahre lang hatte er das Fleisch der Mirl jetzt nicht mehr gespürt. Durchs Tal zwischen dem Gaßler Berg und der Buchbergeralm rannte er mit heraushängender Zunge. Und dann sah er den Rauch aufsteigen über dem Hüttendach und polterte wenig später hinein ins Dämmrige, ins jäh wieder brutwarm Vertraute, und da stand die Mirl und bereitete sich gerade den Käseschmarren zu in der verrußten gusseisernen Pfanne.

»Du!« Es riss ihm das kleine Wort förmlich aus der Brust heraus, und im Blut spürte er jetzt das Fieber noch stärker als die ganze Zeit schon.

»Du …?!« Die Antwort der Sennerin kam überrascht, zögernd, gepresst fast. Die Pfanne wurde vom Herdring gerückt, viel zu nachdrücklich. Und dann biss die Mirl auch schon ungut gegen ihn hin: »Drei Jahre! Und nicht einmal eine einzige Postkarte hast mir geschickt. Nichts, gar nichts hast von dir hören lassen!«

»Ich war doch im Krieg«, versuchte der Girgl sich herauszureden. Näherte sich der Blonden dabei um ein paar Schritte, hatte trotz allem noch immer die Hoffnung in den Lenden, irgendwo im Herzen vielleicht auch. Als er sie jedoch packen wollte – die Hoffnung und die Frau –, stemmte ihm die Mirl die Fäuste gegen die Brust. »Im Krieg warst du bloß ein paar Monate«, fauchte sie ihn an. »Vorher, als du in München in der Garnison gelegen hast, hättest schon Gelegenheit gehabt, wenn dir was an mir gelegen wär'! Aber da hast du's ja fleißig mit den anderen treiben müssen! Kameraden von dir, die auf Urlaub heimgekommen sind, haben's erzählt …«

»Geh zu! Ich hab' doch immer bloß an dich denken müssen«, versuchte es der Girgl noch einmal. »Und der Dienst war so hart! Musst es mir schon glauben! Das Soldatsein ist kein Zuckerschlecken, auch im Frieden nicht …«

»Wo du herumgeschleckt hast, mag ich gar nicht wissen!«, brach es da wütend aus der Sennerin heraus. »Und jetzt sag' ich's dir auch klipp und klar ins Gesicht, dass ich mir längst einen anderen gefunden hab'! Im 69er Jahr schon ist der Oberneder zum ersten Mal zu mir gekommen und ist dageblieben über Nacht. Und deswegen ist jetzt kein Platz mehr für dich auf der Buchbergeralm, das schreib dir hinter die Ohren!«

»Der Oberneder-Franz ist's?!«, stotterte Georg Jennerwein. »Der Jäger von Wiessee?!«

»Kein anderer!«, gab die Mirl ihm triumphierend heraus. »Das ist ein Anständigerer als du. Der hat eine Position und ein Geld im Sack! Und andere Weibsbilder schaut er auch nicht an, das hat er mir hoch und heilig geschworen …«

Georg Jennerwein hatte schon längst von der Sennerin abgelassen; wie gemaulschellt hockte er auf der Ofenbank jetzt und konnte bloß noch dumm schauen. Und dann, jäh, kam der Schreck. »Der Stutzen!«, ächzte er. »Du hast doch nicht etwa das Versteck verraten …?!«

»Ein paarmal hab' ich schon dran gedacht«, murmelte die Blonde, und plötzlich schien doch wieder ein Quentchen von damals in ihren Augen zu schlieren. »Verdient hättest du es, du Hallodri! Aber dann hab' ich mir gesagt: Warum die alten Sachen aufrühren? – Brauchst keine Angst zu haben, Girgl! Das Gewehr liegt immer noch hinterm Wandbrett. Kannst es mitnehmen, und ich werd' weiter den Mund halten, wenn du mich in Zukunft bloß in Ruhe lässt. Musst mir aber schwören, dass du es nie jemandem verrätst, wo die Büchse war die ganze Zeit über!«

»Sollt' ich's etwa dem Oberneder stecken?«, schnappte der Girgl bitter gegen sie hin, und dann war er auch schon in der Schlafkammer drüben und zog den lockeren Nagel heraus. »Manchmal hab' ich den Stutzen sogar eingeölt«, sagte, während er das Brett wegdrehte, die Mirl in seinem Rücken. »Ganz so, wie du es mir damals angeschafft hast.« Wieder war das Frühere, andeutungsweise zumindest, in ihrer Stimme, und genau das machte für den Grauäugigen jetzt alles noch schlimmer. Die Doppelbüchse riss er an sich, den Beutel mit der Munition und der Feder. Und raunzte noch ein »Vergelt's Gott!« über die Schulter zurück und war draußen und sah den gescheckten Himmel über den Bergkuppen, wie eine wilde Verheißung, wie eine Aufforderung zum Ausbrechen, und unter dem archaischen Firmament lockte der Wald, lockte das Wild.

Mittagszeit war's, Sonntag dazu; die Tegernseer Jäger hockten zu dieser Stunde ganz gewiss beim Wirt, beim Bier – darauf hätte der Girgl Stein und Bein schwören können. Also ließ er einen grellen Lacher hören, und dann hastete er wiederum durch das Tal und drüben auf den Gaßler Berg hinauf. Dort witterte er sich nach drei Jahren wieder hinein in die Wildnis und passte sein Schleichen erneut den kaum sichtbaren Pirschpfaden an – und zuletzt erreichte er den Bockeinstand hart unterm Gipfel. Er lud die Büchse in der Deckung einer graubärtigen Tanne, und dann brauchte er nicht mehr lange zu lauern; der Gabler kam ihm wie von selbst genau ins Visier, der Schuss knallte, die Kugel ging mitten ins Blatt.

»Sauhund!«, schrie der Jennerwein hinunter zum milchdunstigen Wasserspiegel, nach Wiessee hinüber, wo irgendwo der Oberneder war, der ihm das Fleisch der Mirl weggestohlen hatte. Aber jetzt hatte der Girgl das andere Fleisch zum Ausgleich, und er brach den Kadaver auf und hatte nichts verlernt. Ehe er sich die Beute in Ermangelung eines Rucksackes über die Schulter warf, steckte er sich die Spielhahnfeder wieder hinters Hutband, lachte und fluchte unter dem säbelkrummen Schwarzweiß noch einmal hinunter in die Jägerwelt und floh dann leichtfüßig zurück ins Schlierseer Revier.

Am Huberspitz, südlich von Hausham, wartete er die Nacht ab, schlich erst dann im Schutz der Dunkelheit weiter bis zu seiner Kate. Auf dem nur hüfthohen Dachboden, über der spinnwebenverkleisterten Luke, fand er ein geeignetes Versteck für den Stutzen. Das Bockfleisch verwahrte er vorerst in einer steinigen Grube unterm Brunnengrand. Anschließend schlief er noch ein paar Stunden, packte sodann ungefähr zwei Drittel des zerteilten Wildprets in den Rucksack und langte nur knapp nach dem Wastl und dem Lorenz auf dem Pürstlingschlag an.

»Da! Weil ihr's nötiger habt als die herausgefressenen Herren oder die Jäger!« Mit diesen Worten warf er, während zwischen den Baumstämmen noch die Nebelschwaden schlierten, den beiden Holzknechten das ihnen Zugedachte hin. Weder der Wastl noch der Lorenz fragte viel. Ohnehin sprach die Spielhahnfeder, die der Girgl plötzlich am Hut trug, Bände. Aus dem Restarchaischen heraus, das jeder arme Gebirgler im Herzen trug, entstand im Handumdrehen ein stillschweigendes Einverständnis. »Vergelt's Gott!«, murmelte der Lorenz und machte sich gleich darauf daran, den wieder zugezurrten Rucksack unter einem Rindenhaufen vor neugierigen Blicken zu schützen. »Heut Nacht, wenn die Frau den Braten fertig hat, dann bist selbstverständlich unser Gast!«, lud der Wastl den Jennerwein ein. Und außerdem hatte der Wildschütz auch noch das Glänzen in den Augen der beiden Abgerissenen zum Dank.

Im Westenhofener Gütlerhaus dann, unterm mondbestrahlten Schindeldach, hockten sie lange beisammen. Auch der Lorenz war noch herübergekommen mit seinem Weib, und nun, beim Enzian, begann er auf einmal zu lamentieren. »Einen doppelt so hohen Taglohn bräuchten wir, dass wir die Teuerung ausgleichen könnten!«, jammerte er. »Wenn du verheiratet bist und hast die Bamsen dazu, dann langt's seit dem Krieg hinten und vorne nicht mehr. Schinakeln musst du vom Morgen bis zum Abend, aber in der Schüssel hast du trotzdem nichts anderes als

Erdäpfel. Für den Schnaps, dass du die Not halt auch einmal vergessen kannst, machst du Schulden beim Wirt. Dafür dann scheißt dich am Sonntag, von der Kanzel herunter, der Pfarrherr zusammen. Verlangt aber gleichzeitig von dir, dass du noch mehr Kinder in die Welt setzen musst. Die laufen dann in den Haderlumpen herum, und ein Schuhwerk kennen sie nur vom Hörensagen. Aber diejenigen, die dir dann zusätzlich die Steuern aufhalsen, scheren sich einen Dreck drum. Die schicken dir höchstens den Gendarmen ins Haus oder lassen dir den Kuckuck auf die Bettstatt kleben, wenn du nicht zahlst.«

Mit der verarbeiteten Faust drosch der Gütler auf die Tischplatte, fing aus der gleichen Bewegung heraus die schwankende Schnapsflasche auf, schenkte sich, dem Girgl und dem Wastl nach, fluchte ausgiebig dabei und setzte dann noch hinzu: »Rundum alles ist schlimmer geworden seit dem Krieg! Vorher ist's recht und schlecht gerade noch umgegangen; da waren wir Gütler und Holzknechte zwar auch die armen Hund', aber direkt aus dem letzten Loch gepfiffen haben wir nicht. Das ist erst gekommen, wie die Soldaten ausgerückt sind, und ist noch schlimmer geworden seit dem Sieg über Frankreich und der Gründung des verdeixelten Deutschen Reiches, das von uns Kleinen eh keiner gewollt hat! Einen Kaiser haben sie gemacht, die Deppen, die neuen Steuern und die Teuerung dazu, aber dass uns Hundshäutenen einer einen Heller mehr in der Stunde bezahlen würde, das gibt's nicht; nicht ums Verrecken!«

»Weil wir das Lumpenpack sind – und die anderen eben die Herren«, grunzte der Wastl. »Und so wird's bleiben bis in alle Ewigkeit, außer, es hat einer den Mut und mandelt sich auf dagegen …«

Auf den Jennerwein schauten sie plötzlich, die beiden Gütler im Taglohn und dazu ihre Weiber, und der Girgl begriff, was sie ihm sagen wollten. In der Wut und in der rebellischen Lust sträubte sich ihm der Schnauzer, schien auf einmal der schiefe Zahn im Kienspanlicht zu blecken, und dann erwiderte er: »Dass die Großkopfeten uns drücken, das ist die eine Sach'! Dass ich sie dafür mit meinem Stutzen tratzen werde, die andere! – Werdet jetzt öfter einen Braten im Rohr haben, das schwör' ich euch! Und andere arme Teufel in der Schlierseer Gegend auch; braucht mir nur zu sagen, wo die Not besonders groß ist. Und jetzt saufen wir noch einen drauf. Dass die Obrigkeit verreckt! Dass das Lumpenpack lebt!«

***

Wort hielt Georg Jennerwein; von jener Nacht an pirschte er im Schlierseer Revier nicht weniger eifrig als vor dem Krieg drüben im Tegernseer. Im Morgengrauen, in der Abenddämmerung, oft auch in den hellen Mondnächten visierte er unter der Spielhahnfeder heraus über Kimme und Korn. Die Holzknechte, bald nicht mehr bloß der Wastl und der Lorenz, beschrieben ihm die verschwiegenen Steige und behielten auch die Jäger im Auge, sodass sie den Girgl bei Gefahr rechtzeitig warnen konnten. Dafür bekamen sie dann den Rehrücken oder den Gamsschlegel auf den Tisch, und was dem Wilderer übrigblieb, über die Not der Ausgeschundenen hinaus, das brachte er auch jetzt wieder zu den Wirten; gewann auf diese Weise weitere Freunde. So lebte er sich renegatisch und wohltätig ein in seinem neuen Gau, während das Jahr 1871 in den Sommer und dann wieder in den Herbst und den Winter kam.

Als die Berge dann freilich unter der Schneekruste lagen, sah sich der Grauäugige gezwungen, seine verbotenen Kreise weiter als bisher zu ziehen, damit die eigenen Fährten zurück in die Unterschwaig leichter zu verbergen waren. Deswegen geriet Georg Jennerwein jetzt öfter auch wieder in die Tegernseer Gegend hinüber, und als der Schnee im März 1872 firnig wurde, traf dort im Haus des Revierförsters Mayr einer ein, der erst jetzt die Uniform ausgezogen hatte; allerdings nur, um möglichst sofort in eine andere zu schlüpfen.

Die Geierfeder

Johann Pföderl, Korporal, Kriegsheld und Ordensträger, hatte sich nach dem Metzeln, nach dem vermeintlichen Sieg über DEN FRANZ-MANN, für ein volles weiteres Jahr nicht vom Militärischen loszureißen vermocht. Im Frühling 1871 nach München zurückgekehrt, hatte er pflichteifrigst einen Wink des Hauptmanns befolgt und hatte sich als Freiwilliger und Ausbilder in die Stammrolle der Kompanie eintragen lassen. War zum Schleifer geworden; am selben Schauplatz, da man ihn einst selbst geschliffen hatte, und hatte den neuen Rekruten sein Credo, sein Vaterunser vorgebetet Tag und Nacht: »Wir, die von Gravelotte und Sedan, wir haben den Kopf hingehalten fürs Vaterland! Für euch auch, ihr Scheißer! Ihr Wichser! Aber was wisst denn schon ihr davon?! Grün-schnäbel seid ihr, müsst's erst noch lernen! Der Unteroffizier bringt's euch bei! Exerzieren lass' ich euch, bis euch das Wasser im Arsch kocht! Die Hammelbeine ziehe ich euch schon lang! Stillgestanden, ihr Falot-ten! In den Dreck, ihr Himmelfahrtspolizisten! Das Gewehr … über! Dass ihr Ehre einlegen könnt für den Kaiser, beim nächsten Krieg!«

Gefürchtet war der Pföderl gewesen, im ganzen Kasernenblock. Stramm und scharf wie kein anderer, hatte er dafür gesorgt, dass nach dem Krieg und dem Sieg nicht etwa das Nachdenken oder gar der Pazifismus sich einwurzeln konnten in den Gehirnen der Jüngeren. Er hatte sie geschliffen, bis sie den gefallenen Onkel oder den verkrüppel-ten Vetter über der eigenen Erniedrigung und Erschöpfung vergessen hatten; das blasphemische Spiel all derer hatte er getrieben, welche die Myriaden Kriege der Menschheit überlebt hatten; welche sodann brüllend gleich wieder angetreten waren, um die stummen Stimmen der einzig Kompetenten, der Toten nämlich, zu übertönen.

Das war die satanische Aufgabe des Ordensträgers gewesen in sei-nem vierten und letzten militärischen Jahr, und bei den Oberen in der Garnison war er bestens angeschrieben gewesen deswegen; einen Trottel hatten sie an ihm gehabt, von der ganz und gar willfährigen und hirnlosen Art; einen, der aus dem blutigen Trott nicht mehr her-ausgefunden hatte und nie wieder herausfinden sollte, und im zwölften Monat seiner so erfolgreichen Schleiferzeit hatte der Pföderl von seinen Gottsöberen auch den irdenen sowie den papierenen Lohn für seine Taten bekommen.

Ein Reservistenkrügl hatte ihm feierlich der Hauptmann überreicht; einen glasierten Keferloher, mit Gewehren, Säbeln, Soldaten und dazu dem Namen des Korporals verziert, und später, nachdem der Pföderl schon rauschig gewesen war, hatte der Kompaniechef ihm im Kreis der anderen Chargen befohlen: »Halt' Er ihn in Ehren, Sein Leben lang! Sauf' Er daraus jeden Feierabend, und denk' Er dabei an Seine Kameraden!« Johann Pföderl, schwimmenden Auges angesichts der Herablassung des Offiziers, hatte es feierlich geschworen. Die papierene Schützenhilfe hinsichtlich seines künftigen Lebens hatte ihm am nächsten Tag der Spieß ausgehändigt. Dass er bevorzugt in den staatlichen oder auch den wittelsbachischen Zivildienst zu übernehmen sei, hatte der Pföderl, wiederum mit feuchtem Blick, aus dem Dokument herauslesen dürfen. Schnurstracks war er daraufhin zur königlichen Forstverwaltung in München gelaufen; nach Tegernsee hatte man von dort aus telegraphiert, und wenig später schon war aus dem Gebirge die Antwort eingelaufen: Sehr wohl, und er könne seinen Dienst jederzeit antreten. Dass ausgerechnet der Revierförster Mayr den Revers unterzeichnet hatte, wenn auch nur in Form kruder Morsesignale, hatte den verdienten Korporal noch zusätzlich befriedigt.

✳✳✳

»Glück hast du gehabt!«, sagte der Mayr jetzt, während sich draußen die Sonne auf dem firnigen Märzschnee spiegelte, zu seinem neuen Jagdgehilfen. »Hätte der Irlberger Anno 70 nicht den Granatsplitter in die Schulter bekommen, dann wäre keine Stelle bei mir frei geworden. Nach der Entlassung aus dem Lazarett, bis zum letzten Winter, hat er seinen Dienst noch zufriedenstellend versehen können, der Irlberger. Aber dann hat's inwendig zu eitern angefangen bei ihm, und jetzt liegt er im Spital, wird wohl nicht wieder aufkommen.« Der Förster räusperte sich rauh, schnaubte; zumindest bei ihm schienen die Kriegsmonate moralische Wirkung gezeitigt zu haben; das Patriotische von einst schien sich seit 1866 noch ein Stück mehr abgeschliffen zu haben.

»Man muss halt Opfer bringen können für das Reich!«, tönte, dickfellig, der Pföderl. »Ich hab's auch getan, hab' den Kopf immer an vorderster Front hingehalten!«

»Schon recht«, wiegelte der Ältere ab. »Aber im Krieg stehen wir nun glücklicherweise nicht mehr. Das Schießen im Forst ist ein anderes als das, was du in Frankreich gelernt hast! Für jede Kugel wirst du mir Rechenschaft ablegen müssen, das merk dir! Mehr Heger als Jäger musst du sein; ein Herz für das Leben und die Natur muss man haben in unserem Beruf!«

Johann Pföderl biss sich sichtlich am Mundstück seiner Stummelpfeife fest. Scharf, wie erschrocken, musterte ihn der Mayr. Gleich darauf hörte er den neuen Jagdgehilfen zischeln: »Und was ist mit den Wildschützen? Schon im Zug, her von München, haben sie erzählt, dass es mit denen wieder schlimmer geworden ist seit dem Krieg. Darf man auf die auch nicht schießen, auf das Anarchistenpack?«

Der Revierförster schien den letzten Satz überhört zu haben, möglicherweise absichtlich. »So, draußen im Flachland reden sie auch schon davon«, murmelte er. »Ja, ist schon richtig, dass die Freischützen es seit dem 71er Jahr wieder recht bunt treiben. Da wirst du fleißig pirschen müssen, Pföderl, dass du sie abschreckst. Wirst auch am Sonntag und in der Nacht hinaus in den Wald müssen. Wenn sie den Jäger spüren, machen sie sich von selber rar. Versuchen's dann eher jenseits der Grenze, im Schlierseer Gebiet. Der Kühlechner und der Sieberer dort, die im Staatsdienst stehen, nehmen's nicht immer so genau. Aber das geht uns nichts an, hier am Tegernsee. Wir sind wittelsbachische Jäger. Gehören in die Untertänigkeit zum Prinzen Karl von Bayern. Müssen bloß schauen, dass es bei uns herüben nicht überhandnimmt!«

»Heißt das, wenn ich hier einen stelle und er haut ab über die Grenze, dann darf ich ihm nicht nach?!«, regte sich Johann Pföderl auf.

»Genauso ist's!«, bestätigte der Förster, und jetzt klang seine Stimme auf einmal dienstlich.

»Im Krieg wäre so etwas nicht möglich gewesen!«, trotzte der entlassene Korporal. »Da haben wir sie gejagt, bis sie sich die Kugel eingefangen haben! Da haben wir keine Gnade gekannt!«

»Dass wir nicht mehr im Krieg sind, hab' ich dir vorher schon gesagt!«, verwahrte sich der Mayr. »Und jetzt gehst du hinüber ins Nebenhaus, da wirst du den Lechenauer treffen. Das ist dein Kollege – und der Ältere dazu. Hör auf das, was er dir sagt! Das Quartier musst du dir teilen mit ihm und den Seinen. Morgen dann gehst du zum ersten Mal mit ihm auf die Pirsch. Das grüne Gewand und die Büchse haben der Lechenauer und sein Weib schon hergerichtet für dich.«

So also kam Johann Pföderl zu seiner neuen, bloß noch halbmilitärischen Uniform, und im Verlauf der folgenden Monate dann wechselte er, mehr schlecht als recht freilich, vom soldatischen in den jägerischen Tritt. Dass er sich darüber hinaus unbrauchbar gezeigt hätte, konnten weder der Mayr noch der Lechenauer sagen. Das Tegernseer Umland kannte der neue Gehilfe noch von seiner Holzknechtzeit her. Eine gute

Lunge, ein scharfes Auge sowie eine sichere Hand hatte er auch, und als dann der Sommer über den Baumwipfeln und Felsgipfeln zu glasten begann, gestanden ihm zuerst der Lechenauer und bald auch der Förster selbst immer mehr Eigenverantwortung zu; aus dem Neuling wurde allmählich einer, den man auch ohne Aufsicht losziehen lassen konnte.

Darauf allerdings hatte Johann Pföderl bloß spekuliert. In München noch hatte er eine ganze Korporalschaft unter sich gehabt, im Krieg vorher sowieso, und deswegen hatte es ihn während seiner ersten Tegernseer Zeit schon arg gekratzt, dass er nun selbst wieder ein Gegängelter geworden war. Jetzt aber durfte er sich wieder anerkannt, aufgewertet, dekoriert fast fühlen. Ins Mentale grub sich ihm mehr und mehr das Empfinden ein, dass die Steige, die Schonungen, der Hochwald, das Wild dazu ihm allein gehörten, so er nur allein unterwegs war. Dass er Macht über all dies hatte; eine erregendere Macht manchmal noch als damals über seine Münchner Rekruten. Eine Brücke bildete sich ihm im Unterschwelligen aus; ein sirrendes Lichteln vom Revier hinüber und zurück zur Front. Wieder war jetzt das Nervenzittern und Wittern in ihm, das er auch in Frankreich gekannt und genossen hatte, und während der Sommer dieses Jahres 1872 nun allmählich in seine hohe Zeit kam, erlernte Johann Pföderl eine ganz neue Art des Marschierens, des Eroberns und des Inbesitznehmens; eher halb soldatisch nach außen hin, im innersten, heimlichsten Kern jedoch gieriger denn je.

Nicht bloß auf den Steigen, die ihm anbefohlen waren, pirschte er; weiter und weiter zog er seine Kreise, und wie unter einem säbelnden Zwang lockten ihn dabei mehr und mehr die Grenzen zum Schlierseer Gau, lockte ihn genau das, was nicht mehr zu seinem Dienstbereich gehörte. Was der Mayr ihm damals über die Wildschützen gesagt hatte, war schuld daran; nie hatte Johann Pföderl es innerlich verwunden, dass eine unsichtbare Linie im Fall des Falles imstande sein sollte, seinen Schuss, seinen Kugelflug zu hemmen.

Deswegen tat er mehr, als von ihm verlangt wurde; deswegen streifte er immer häufiger an der Bruchkante des verbotenen Terrains entlang. Einer, den er aufs Korn hätte nehmen können, kam ihm vorerst dabei freilich nicht vor die Büchse, auch wenn er sich genau dies im Hinterkopf brennend ersehnte. Aber er konnte es sich immerhin ausmalen, wenn er im Gebüsch auf einem der Grenzkämme lauerte, und so er dann die Flasche aus dem Rucksack holte und den Schnaps oft ausufernd schluckte, dann geschah es ihm mehr als einmal, dass er im Irrlichtern des Alkohols das fiktive Hetzen, das Stellen, den Widerstand und das finale Feuern leibhaftig erlebte. Dass er die Kugel hineinplatzen sah ins

Menschenfleisch und den Tod herausplatzen sah aus den feindlichen Augen, und dann war er wieder im Krieg, unumkehrbar, und auch das Folgende malte sich ihm dann wie von selbst aus – der Triumph im Dorf, die Belobigung durch den Vorgesetzten, ein weiterer Orden vielleicht.

Bis in die Nacht hinein irrlichterte es dem Hilfsjäger manchmal auf diese Weise durch den Schädel; in der schwarzen Dunkelheit musste er sich zuletzt den Weg zurück nach Tegernsee suchen. In der Kammer dann, unterm Gewehr, trank er oft noch weiter und lockte die kranken Träume wieder hervor – die bestialischen Einbildungen, die dann im Herbst dieses Jahres 1872 plötzlich einen ganz konkreten Hintergrund bekamen.

***

»Drei Stück Wild! Weggeschossen auf der Baumgartenschneid und am Hahnenkopf in einer einzigen Woche!«, belferte der Lechenauer. »Und keine Spur von dem Hundsfott, der's getan hat! Nichts als der Aufbruch im Gestrüpp oder im Moos! Uns zum Tratzen hingeworfen! Und ein paar magere Spuren, die hinüberweisen in die Schlierseer Gegend!«

»Dann ist der Lump auch dort drüben daheim!«, schnaubte Johann Pföderl. »Zu meinem Pirschgebiet wenn die Baumgartenschneid und der Hahnenkopf gehören würden, ich hätt' ihn gestellt! Oder wär' ihm nach, wenn's hätt' sein müssen, über die Grenze hinüber!«

»Ja, du redest dich leicht. Aber das Jagdrecht erlaubt's halt nicht«, erwiderte der Lechenauer.

»Dann muss man sich eben mit den Schlierseer Jägern ins Einvernehmen setzen«, beharrte sein Kollege. »Muss sich abstimmen mit ihnen, dass man ihnen den Hund zutreiben kann, wenn man ihn bei uns herüben erwischt. So wird's beim Militär auch gemacht! Hör zu, Lechenauer! Gib mir Urlaub für heut! Ich geh' hinüber nach Schliersee. Ich red' ein Wort mit den Staatlichen. Und dann, wenn sie mitspielen, tauschen wir beide das Pirschgebiet. Dann leg' ich mich dort auf die Lauer, wo der Teufel zugeschlagen hat. Und dann kriegen wir ihn, das schwör' ich dir!«

Der Lechenauer überlegte. »Wenn du meinst«, brümmelte er zuletzt, »dann gehst du halt. Über das Wechseln beim Pirschen können wir später immer noch reden, falls die Schlierseer mitmachen …«

Die letzten Worte sagte der Lechenauer schon gegen den Rücken des Pföderl hin. Denn der war schon halb draußen und lief gleich darauf wie gehetzt der Baumgartenschneid zu, die Büchse schussbereit in der Faust.

Spuren fand er dort oben keine mehr; das Aas hatte der Lechenauer bereits vergraben. Nur die Almhütte stand da, unbewohnt freilich schon um diese Jahreszeit; dunkel erinnerte sich Johann Pföderl daran, dass hier sonst eine Schwarzhaarige namens Agatha sennen sollte. Durch die Lenden zitterte ihm etwas, mischte sich geil mit seinem Jagdhunger; gleich darauf hastete der Pföderl weiter, der Reviergrenze zu. Zwischen der Gindelalmschneid und dem Rainer Berg stieß er dann unversehens auf einen der Schlierseer Jäger, auf den Kühlechner. Wie im Ansprung stellte der Tegernseer ihn, fuhr ihn an: »Zu euch ist er hinüber, das hat der Lechenauer noch feststellen können! Und jetzt lacht er sich ins Fäustchen, weil er bei uns im Revier geschossen hat und ihr ihm deswegen nichts anhaben könnt!«

»Ja, das ist das Kreuz mit dem wittelsbachischen und dem staatlichen Jagdgrund«, gab der andere, nachdem er begriffen hatte, worum es dem Pföderl ging, zu. »Aber was willst machen?«

»Schärfer durchgreifen muss man!«, versetzte der Tegernseer, und dann erklärte er auch dem Kühlechner seinen Plan. »Jetzt noch etwas«, raunzte Johann Pföderl, als er zuletzt das freilich noch zögerliche Einverständnis des anderen spürte. »Hast du denn gar keinen Verdacht, wer von den Schlierseer Burschen es gewesen sein könnte?«

»Da käme nicht bloß einer in Frage«, erwiderte der Kühlechner nach einigem Besinnen. »Das Wildern ist halt ein alter Volksbrauch im Gebirge. Wenn dann noch die Regierung nichts taugt, wenn die Not auf den Gütln und den kleinen Bauernhöfen durch die Fensterlöcher schielt, dann greift mancher zum Stutzen, ohne dass ihn deswegen das Gewissen drückt. Schießt sich halt einmal einen Braten und gibt dann wieder Ruh'. – Hingegen gleich drei Stück Wild in einer einzigen Woche, wie's auf der Baumgartenschneid und am Hahnenkopf vorgekommen ist, das ist ungewöhnlich. Da muss einer unterwegs gewesen sein, der nicht bloß aus der Armut heraus gewildert hat. – Beweisen kann ich nichts, aber man hört, der ledige Holzknecht von der Unterschwaig treibt's bunt. Ist oft unterwegs in der Nacht, lässt auch in den Wirtshäusern viel springen …«

»Ja, Kreuzkruzitürken, dann muss man eine Haussuchung halten bei dem!«, unterbrach Johann Pföderl erregt den Schlierseer.

»Bei dem Schläger und Raufer?!«, verwahrte sich erschrocken der Kühlechner. »Bloß auf einen Verdacht hin?! Das könnt' böse ausgehen für uns Jäger. Ich und der Sieberer sind halt nicht mehr die Jüngsten. Und der andere, dieses Bracklmannsbild, der Jennerwein ...«

»Was sagst du da?! Wie heißt er?!« Die Lippen Pföderls zitterten in jähem Erschrecken, in jäher Wut. Die Fäuste krampfte er um sein Gewehr, als wollte er es zerbrechen.

»Jennerwein«, wiederholte der Kühlechner, ob der Reaktion des anderen verdattert. »Georg mit Vornamen. Ein Blonder ist er, hat einen schiefen Zahn im Mund, und auf dem Hut trägt er eine Spielhahnfeder ...«

»Den kenn' ich! Brauchst ihn mir nicht zu beschreiben!«, schrie der Dunkelhaarige. »Bin ja in einer Kompanie gewesen zusammen mit ihm. Ein Lump ist er schon dort gewesen; ein Falott, ein Anarchist! In meiner Korporalschaft wenn ich ihn gehabt hätt', ich hätt' ihm den Arsch schon aufgerissen! Aber egal! Jetzt steht er auf einer anderen Abschussliste! Soll sich bloß noch einmal herüberwagen in mein Revier, samt seiner frechen Spielhahnfeder! Dann krieg' ich ihn! Dann kommt er mir nicht noch einmal aus!«

»Du weißt aber schon, dass du ihn zuerst warnen musst, wenn du ihn wirklich stellst«, versetzte, der Kühlechner. »Bloß wenn einer Widerstand leistet oder flieht, ist unsereinem das Schießen erlaubt!«

»Ich kenn' meine Vorschriften!«, schnaubte Johann Pföderl. »Und jetzt sag drüben auch dem Sieberer und eurem Förster Bescheid! Ich werd' mich die nächste Zeit um die Baumgartenschneid herum in den Hinterhalt legen. Wenn's dort oben dann knallt, müsst ihr aufpassen. Ich treib' euch den Hundsteufel auf die Grenze zu und schieß' dabei noch ein paarmal. So wisst ihr, wo er steckt, und dann schnappt ihr ihn euch, sobald er sich im Schlierseer Revier in Sicherheit glaubt.«

»Ein Scharfer bist du schon, gell?«, erwiderte – halb anerkennend, halb noch immer verunsichert – der Kühlechner.

»Was meine Pflicht ist, das hab' ich unter der Fahne gelernt«, beteuerte der Tegernseer. Während er dann zurück zum Forsthaus marschierte, schien ihm jeder Tritt den Namen des Widersachers durch den Schädel zu hämmern, und gleichzeitig schien über dem Horizont eine Spielhahnfeder herausfordernd zu wippen.

✳✳✳

Den Büchsenlauf ließ Johann Pföderl hochrucken, natternschnell, als von oben, von der Felsschrunde herunter, das Geräusch kam. Wochenlang hatte der Tegernseer Jagdgehilfe nun schon im Umkreis der Baumgartenschneid auf den Jennerwein gelauert; freilich vergeblich bisher. Jetzt aber schien sich dort oben in der Steinbastion, im Latschenverhau etwas zu tun. Tiefer in die Erdrunse, in den Schützengraben duckte sich der Pföderl. Über die Deckung hinaus schob er vorsichtig den blauschwarzen Stahl. Erneut schien droben, unterm verhangenen Himmel, etwas zu schleifen und zu streifen. Mit der hohlen linken Hand dämpfte der Jäger das Hahnknacken ab. Gleich, er wünschte es sich mit allen Fasern, würde das Weiße im Auge des Feindes zu erkennen sein. In der Tat wurde einen Lidschlag später, gut in Schussweite, etwas Fiedriges sichtbar. Das Bild einer Spielhahnfeder blitzte dem Schießwütigen durchs Gehirn; den vorgeschriebenen Ruf »HaltBleibStehn!« bellte er aus sich, zog gleichzeitig den Stecher durch bis zum winzigen Widerstand. Wiederum ein Herzhämmern später, als droben in den Latschen etwas ausbrechen, fliehen wollte, gab er Feuer. Dem grell gleißenden Strahl nach dachte er zuckend: Wird mir keiner einen Vorwurf machen können! Hab' sie eingehalten, die Ordres! Hab' es auf meiner Seite, das Recht!

»Scheißdreck!«, röhrte es ihm unmittelbar darauf mit dem Aufschlagen der Kugel aus dem Rachen. Nichts als Steingrus splitterte weg unter dem Wolkentreiben, fehlgegangen war der Schuss – und dann flatterte mit pfeifenden Schwingen der Lämmergeier weg, der den Pföderl die ganze Zeit über genarrt hatte. Schwang sich auf unters triste Firmament, strich wie höhnisch ab und ließ dem Sudelschützen nichts zurück als eine bräunlich gemaserte Feder, die wenig später direkt vor seinen Füßen landete.

Zuerst war Johann Pföderl versucht, sie in den Waldmodder, ins dumpf riechende Laub zu trampeln, doch dann schnitt ihm erneut das schwarzweiße Spielhahngleißen durchs Mentale und verschlierte sich auf einmal mit dem Aasfarbigen des Geierkiels – und schien sich mit dem zu beißen, schien zu raufen damit. Das Ruppige, das Todes- und Leichensymbol, siegte zuletzt; ein keckerndes Lachen ließ der Jäger hören, er bückte sich und hob die Geierfeder auf. Steckte sie sich hinters Hutband, setzte ein aasfarbenes Zeichen damit gegen den, der ihm heute doch noch einmal ausgekommen war; schwor sich unter der wippenden Trophäe, dass er trotzdem nicht aufgeben wolle, dass er die Jagd von nun an nur umso wütender betreiben werde.

So stieg Johann Pföderl zu Tal unter dem spätherbstlichen Himmel und ging am nächsten Tag neuerdings auf die Menschenpirsch, und mit jedem hasserfüllten Waldgang, den er in den folgenden Monaten tat, wurde die Geierfeder ein Stück mehr ein Teil von ihm, und er sollte sie tragen und sie anbeten bis zum Ende seines Weges.

Vorerst freilich ließ ihn Georg Jennerwein, der längst von der Anwesenheit des alten Feindes und auch von dessen Absichten erfahren hatte, immer wieder in die Irre laufen. Johann Pföderl mochte lauern, soviel er wollte; der Spielhahn war doch immer wieder schneller und listiger als der Geier; der Girgl hatte den todesverachtenden Spaß und der andere das Nachsehen, mit der Zeit dann den Spott. Auf diese Weise ging der Winter herum und drehte sich das 72er Jahr ins 73er hinein; im Frühling jedoch sollten schließlich schärfere Schüsse als der unter dem Kofel auf der Baumgartenschneid fallen.

*

Auf halber Höhe am Hang des Westerbergs knallte es, ganz in der Nähe eines Tümpels, der wie ein moordunkles Auge unter Tannenbärten lag. Im Schlierseer Revier hatte Georg Jennerwein damit zugeschlagen; der Katzenjammer war schuld daran, den er vom Besäufnis der vergangenen Nacht her noch in den Knochen spürte; er war zu faul gewesen, um den ganzen Weg hinüber ins Tegernseer Gebiet zu laufen. Jetzt freilich, während der Girgl den Bock auszuweiden begann, wurde im wittelsbachischen Gau drüben einer sehr lebendig. Johann Pföderl, der an diesem Tag die Grenze in der Nähe der Krainsberger Alm abgepirscht hatte, schätzte – im Losrennen schon – die Entfernung auf höchstens eine Viertelmeile. Im Dahinhetzen rechnete er nach und sagte sich, dass es klappen könnte, sofern die anderen, der Kühlechner und der Sieberer, ebenfalls aufmerksam geworden waren.

Für den Sieberer zumindest traf dies auch zu; am Brunstkogel, ein Stück weiter im Norden, hatte er den Schuss vernommen und war ebenfalls auf der Stelle losgelaufen. So näherten sich die beiden Jäger dem Tümpel also jetzt von zwei Seiten her, und Georg Jennerwein, in seinem übel noch nachflatternden Tran, beeilte sich noch nicht einmal sonderlich mit seiner blutigen Arbeit. Immer war es ja gut abgegangen bisher; leichtsinnig war der Wildschütz deswegen geworden, und als er den Kadaver endlich im Rucksack hatte, tauchte – zwei, drei Büchsenschüsse entfernt bloß noch – auf dem Hang drüben der Sieberer auf.

Ein Blitzen fuhr unter die Tannenbärte hinein. »Kreuzkruzitürken!«, zischelte der Schiefzähnige; dass der andere das Perspektiv bei sich hatte, machte die Sache noch schlimmer. Der Girgl duckte sich weg; seine Gedanken, trotz des schnapsdämpfigen Gehirns, rasten. Nach Fischhausen hinunter, wenn ich's versuch', schneidet er mir womöglich den Weg ab, überlegte er. Außerdem, jetzt am Sonntag, gerat' ich am End' mitten unter die Kirchgänger hinein. Besser, ich mach' mich ins Tegernseer Revier davon …

Den Rucksack wieder auf den Buckel, den Stutzen blitzschnell wieder geladen – und los. Gut ging's; einen eingeschrundeten Bachlauf erreichte Georg Jennerwein, und über die Kugel, die der Sieberer ihm jetzt nachsandte, konnte er nur lachen. Einen Haken schlug er gleich darauf, aus dem Rieseltal wieder heraus und mehr nach Nordwesten, um den Schlierseer damit zu täuschen. Der Hochwald nahm den Wilderer auf; schon glaubte er sich in Sicherheit, bloß den Bock musste er noch irgendwo ins Versteck bringen, den Stutzen dazu, und dann konnte er sich auf Umwegen zurück in die Unterschwaig trollen.

Im gleichen Augenblick, da er dies dachte, sah er – siebzig, achtzig Schritt entfernt – die Geierfeder wippen. Verwaschen klang ein Schrei herüber; die Pulverwolke und mit ihr die Kugel folgten unmittelbar darauf. Sein Instinkt fetzte den Girgl ins Unterholz hinein; der eine Rucksackriemen riss, ohne seine Beute hetzte der mit dem Spielhahnstoß durchs Dornenstacheln und Zweigpeitschen weiter. Auf den Westerberg floh er jetzt wieder zu; ihm auf der Spur blieb Johann Pföderl, feuerte nach einer Weile noch einmal; ungezielt freilich, wie es dem Jennerwein schien. Drei, vier Dutzend Sprünge weiter allerdings schlug es hart neben seinem Schädel durchaus gezielt in einen Föhrenstamm ein. In die Zwickmühle war der Wilderer geraten; die Detonationen von Westen her hatten dem Sieberer im Osten wieder den richtigen Weg gewiesen.

Erneut ins Gestrüpp hinein rollte sich der Schiefzähnige ab, zog im Herumwirbeln die Stutzenhähne auf, schoss in die Richtung des Staatlichen, dann dorthin, wo die Geierfeder sein musste. So gewann er noch einmal ein Quentchen Vorsprung auf die immer noch im Mittag stehende Sonne zu – sah aber dann plötzlich den trümmerdurchsetzten Steilhang vor sich. Er wollte springen, sich hineinwerfen, doch hieb ihn die Furcht vor dem Abgrund mehrmals jäh wieder zurück – und zuletzt krachte in sein panisches Zaudern hinein ein weiterer Schuss. Der Sieberer hatte ihn abgegeben; der Pföderl, weiter drüben, brüllte wild auf vor Freude, denn jetzt – endlich – durfte er Zeuge werden, wie der Widersacher zusammenbrach, stürzte.

**

Nachdem die beiden Jäger die Klamm endlich umgangen hatten, fanden sie von Georg Jennerwein freilich bloß noch die dürftige Blutspur. Er

110

selbst war verschwunden, wie weggehext, und auch das Nachforschen in der Unterschwaig und in Westenhofen brachte nichts. Vielmehr erklärten der Wastl und der Lorenz schlitzohrig, dass der Girgl schon vor Tagen nach Tirol gegangen sei, um dort eine andere Holzarbeit anzunehmen. So hatten die Lodenen zuletzt doch wieder das Nachsehen, denn das Gegenteil war nicht zu beweisen; gerichtsrelevant erkannt hatten sie bei der Hatz das Gesicht des Wilderers leider nicht.

Die Baumgartenalm, das gesamte Revier ringsum; all dies war jetzt sein. Johann Pföderl, vom Mayr wegen seines mutigen Einsatzes im monatlichen Bericht an den Wittelsbacher erwähnt, war der Sieger. Hinter die Sieben Berge verscheucht war der Jennerwein, so oder so. »Geh schon her!«, lockte der Dunkle an diesem Juniabend die Sennerin. »Brauchst dich nicht zu zieren mir gegenüber! Sag selber: Ist ein Jäger eine Partie oder nicht? Erst neulich hat's der Förster mir in Aussicht gestellt, dass ich eines Tages sein Nachfolger werden könnt'. Dann hätten wir das Diensthaus, den Grund dazu, und du könntest in der Kirche neben der Lehrersfrau und der Pfarrerköchin im vordersten Stuhl hocken. Also, jetzt komm, Agerl! Lass mal nachschaun, was du für ein Holz vor der Hüttn hast!«

Verändert hat er sich, dachte die resche Schwarzhaarige von der Baumgartenalm. Früher, da hat er nichts im Kopf gehabt als das Pirschen. Aber seit er am Westerberg zum Schuss gekommen ist, hat er sich herausgemacht. Sie begann zu kichern. Zum Schuss kommen – das wollte er jetzt bei ihr. Und abgeneigt war sie beileibe nicht. Langweilig war das Bergleben die meiste Zeit. Außerdem machte ein Jäger wirklich mehr her als bloß irgendein Holzknecht, ein abgerissener. »Aber zerreiß mir das Pfoad nicht gleich!«, mahnte sie ihn noch, während sie zu ihm auf die Ofenbank schlüpfte.

Ins Brustfleisch wühlte der Pföderl sich ein. Zuerst noch im Sitzen, dann, drüben in der Kammer, im Liegen. Die Agatha machte es ihm leichter, als er es sich insgeheim ausgemalt hatte. Jetzt war sie schon ganz nackt. Nackt in seinen Armen. Stöhnte. Biss ihn zwischendurch. Und dann schlüpfte ihre Hand zwischen seine Schenkel, fasste zu.

Den Schock fühlte der Pföderl herangrellen, die Erinnerung an das Puff in München. Die ganzen Wochen schon, während er doch andererseits so bärig auf die Agatha gewesen war, hatte er sich vor diesem Augenblick gefürchtet. »He, willst du mich mit so einem Hasenschwanzerl mausen?«, lachte, girrte sie ihm nun ins Ohr. Ins Eisige schien der Hans abzugleiten, trotz ihres streichelnden, lockenden Griffs. Verzweifelt kämpfte er gegen das hinterfotzige Gefühl an – und dann schlierte er auf einmal mental weg, in den Westerberger Forst. Hinter der Spielhahnfeder sah er sich wieder herhetzen; die Büchse, den Stahl feuerbereit. Einen Schuss hörte er knallen, eine Kugel meinte er ins nachgiebige Fleisch hineinklatschen zu sehen. Ein geiles Keuchen riss es ihm aus dem Rachen, in den Armen der Agerl befand er sich jäh wieder; gleichzeitig spürte er ihr freudiges Erstaunen. Über sie warf er sich, drängte sich hinein zwischen die bebenden Schenkel; kraftvoll jetzt, kraftvoll wie nie. Er nahm die Agatha her, unersättlich, und nachher, als sie wie erschlagen stöhnte: »Bei der Himmelsmutter, bist du vielleicht ein Stier!«, da hatte er plötzlich das Empfinden, dass es mit ihr Liebe sein könnte; etwas Ungeheuerliches über das Haarige, Glitschige und Wollüstige hinaus.

Später in der Nacht, über die Enzianflasche hinweg, schwor er es ihr zu: »Heiraten werden wir, Agerl, weil du die einzige bist für mich! Keine andere werd' ich mehr anschauen, mein ganzes Leben nicht! Auf Händen werd' ich dich tragen, wirst's schon sehen!«

Die Agatha, realistischer als er, trotz des erotischen Nachbebens, nahm es mit unergründlichem Lächeln hin. Und bat ihn dann unvermittelt, sich nicht gerade jetzt einen anzusaufen: »Die Leut' reden eh schon über dich. Dass du gern einen über den Durst trinkst. Aber ich, wenn ich einmal heirat', mag keinen Säufer.« Brav wie ein Lamperl tat ihr der Hans den Gefallen, stellte die Flasche weg und kroch erneut zu ihr. Erziehen ließe er sich also noch, stellte die Sennerin zufrieden bei sich fest, und dann, weil genau diese Überlegung sie erneut kitzelte, prüfte sie handfest nach, ob der Jäger vielleicht gar noch einmal fürs Aufsitzen gut wäre.

Er war's, den ganzen Sommer hindurch auf der Alm, und später, als die Agatha unten im Tal wieder ihre Kammer auf dem Baumgartner-Hof bezogen hatte, gab es das Giebelfenster und die Heuleiter. Den Winter über, als überall die Vereins- und Feuerwehrbälle abgehalten wurden, sprach es sich zwischen Tegernsee und Schliersee allmählich herum, dass die beiden fest miteinander gingen.

In ruhigere Bahnen schien das Leben des Johann Pföderl also einzumünden; die Geierfeder auf seinem Hut hatte viel an Bedeutung für ihn verloren, auch wenn er sie nach wie vor trug. Sein alter Hass auf die Welt, das Geprügelte in ihm schienen sich in diesem Winter mehr und mehr verflüchtigen zu wollen. In seine kleine, fleischwarme Welt spann sich der Jagdgehilfe ein, und selbst die Tatsache, dass im Januar 1874 die Sozialdemokraten ganz erstaunliche Erfolge bei den zweiten Reichstagswahlen verbuchen konnten, entlockte ihm lediglich ein unwirsches Raunzen; früher hätte er angesichts eines solchen Torts ausufernd im Wirtshaus gesoffen, hätte schwadroniert und möglicherweise auch gerauft.

Im Frühling des 74er Jahres dann trieb die Agatha ihre Herde wiederum auf; heuduftig wurden ihre und des Jägers Nächte erneut. Dass im Reich der Kulturkampf begonnen hatte, juckte weder sie noch ihn. Vielmehr begann Johann Pföderl jetzt immer stärker auf eine baldige Hochzeit zu drängen, und die Sennerin – er spürte es ganz genau – wünschte sich ebendas von ihm.

Ins Balzen und Werben brach jedoch, um die Maimitte herum, einer ein, den der Tegernseer Jäger fälschlicherweise schon unter die Toten, die Ungefährlichen zumindest, gezählt hatte.

✳✳✳

Über den Risserkogel und den Blankenstein kehrte Georg Jennerwein heim; den windumpfiffenen Gemsenwechseln folgte er auf seinem Weg, bloß so, aus Trotz. Unter dem Umhang trug er den Stutzen, im Lendenfleisch die Kugel. Hagerer war er geworden, kantiger im Gesicht, tiefäugiger. Schiefer denn je schien ihm die Spielhahnfeder hinterm Hutband zu sitzen. So erreichte er zuletzt den Westerberg und den Steilhang, wo es ihn damals erwischt hatte. Lange lurte er am Rand der Klamm aus dem Dickicht heraus, ungleich vorsichtiger war er als vor einem Jahr; erst als er die Luft völlig rein fand, wagte er sich aus der Deckung.

Die Steinschrunde erkannte er wieder, gegen die es ihn noch geschleudert hatte, ehe er dann abgestürzt war. Genau an der gleichen Stelle ließ er sich jetzt auf die Hacken nieder, sicherte noch einmal misstrauisch, verfiel dann ins Sinnieren, in die Erinnerung. Und erlebte, immer wieder unbewusst mit den Zähnen knirschend, die Demütigung neu.

Den heißen Schlag in den Leib, das Aufreißen irgendwo zwischen Arschbacke und Magen, das hilflose Taumeln gleichzeitig und aus dem heraus das Wegwirbeln. So seltsam zäh der Fall hinunter in die Schlucht. Himmel oben, Himmel unten. Das ungeheuerliche Prügeln der Latschen gegen seinen zerberstenden Körper. Das Steinhämmern, in die Fresse hinein. Das fast schon besinnungslose Aufschlagen, die brüllende Sehnsucht nach der Ohnmacht. Aber irgendwo nach wie vor die Bluthunde, die Jäger. Das mühsame Wiederaufkommen am Lauf des Stutzens entlang, den selbst der heranschauernde Tod ihm nicht hatte aus den Fäusten prellen können. Die hatte ihn gerettet, die Büchse. Die war ihm zum Stab geworden. Zum dritten Bein, neben seinen zerschundenen. Die hatte ihm aus der Klamm herausgeholfen, weg vom

Schuss, bis er den aufgegrabenen Dachsbau erreicht hatte, die Höhle, die bloß er allein kannte. Dort hinein ins Stinkige und das Laub übers Schlupfloch. Gezwängt dort drinnen, stundenlang. Die ganze Zeit über im eigenen Blut. Erst in der hereinbrechenden Dämmerung wieder ins Freie. Das Wasser gesucht. Die Hüftwunde ausgewaschen. Die Zunge hatte er sich blutig gebissen, während das Blut ihm erneut über den Bauch, über den Schenkel geflossen war. Der entsetzliche Versuch, mit dem Messer ans Blei zu kommen. Vergeblich! Er hatte es gerade noch eingesehen, ehe der nächste Ohnmachtsanfall ihn gepackt hatte. Dann, im Mondlicht, den Farnpacken über das Zerfetzte, Aufgequollene. Mit einem Streifen Leinwand vom Hemd festgezurrt. Und der Grenze zu, bei jedem Schritt durchmessert. In Heuschober hinein, unter die Dächer verfallener Almhütten während der folgenden Nächte. Der Hunger dazu, das Fieber. Zuletzt aber dann Tirol. Im Dorf Langl mit allerletzter Kraft zum Bader. »Wenn der Wundbrand dich erwischt, dann ist es aus mit dir!« – das hatte der ihm schon gleich nach der ersten, flüchtigen Untersuchung gesagt.

Hatte das Zusammenfaulen aber dann doch zu verhindern gewusst. Hatte bloß die Kugel nicht herauszuschneiden gewagt, auch dann nicht, als der Eiter einigermaßen abgeflossen war. »Bin kein Chirurgus und kann dich auch nicht zu einem solchen bringen!« Noch immer hatte Georg Jennerwein die Worte im Ohr. »Der müsst's der Obrigkeit melden, dass du mit dem Stutzen und der Wunde aufgetaucht bist! Hätt' dann ich das Gefrett – und du noch mehr!«

So hatte der Girgl sich an den Bleibatzen im Leib gewöhnen müssen. Hatte es auch geschafft, obwohl in der ersten Zeit immer wieder die Albträume gekommen waren, wenn ihm die Kugel nachts im Fleisch zu wandern schien. Dann, als die Narbe sich allmählich wulstig geschlossen hatte, war es besser geworden. Bloß das Stechen gelegentlich noch, jäh und hinterfotzig. Aber sonst war nichts zurückgeblieben, und nachdem der Rekonvaleszent dem Bader noch einige Zeit den Hausl gemacht hatte, hatte er im Sommer wieder ins Holz ziehen können. Den Stutzen hatte ihm vorerst der Quacksalber verwahrt. Hatte aber dann, gegen den Herbst hin, auf Bezahlung zu drängen begonnen. Den Jennerwein hingegen hatte allmählich wieder der Hafer gestochen. So leichtsinnig wie am Westerberg war er aber nicht noch einmal gewesen. War ein Gebrannter jetzt, ein Angesengter. Keiner war ihm auf die Schliche gekommen deswegen. So hatte er die Schulden kleinweis abbezahlt und hatte sich selbst, über den mageren Waldlohn hinaus, durchgebracht, bis ihn dann im neuen Jahr immer stärker das Heimweh gepackt hatte. Bis es ihn wieder hergetrieben hatte zur Klamm, wo er jetzt wie erschrocken aus seinem Sinnieren auffuhr und damit den Bogen vom vergangenen Frühling zum gegenwärtigen schloss – und auf einmal wieder nach vorne denken konnte.

Ungut allerdings war dieses Denken; unter der Spielhahnfeder hervor lichtelte und säbelte es gegen die hin, denen er nicht mehr und nicht weniger als ein paar Schüsse Pulver wert gewesen war. Den Namen des Schlierseer Jägers zerknirschte der Girgl zwischen den Zähnen; dann, geifriger noch, den des Pföderl. Denen würde er es zeigen jetzt, den Obrigkeitsbütteln, den Neidhammeln, den Menschenschindern. Die hatten ihm nicht umsonst das Mal aufgebrannt! Die sollten büßen jetzt, dort, wo es sie am meisten traf! An die Waidmannsehre, das schwor sich Georg Jennerwein in dieser Stunde, würde er ihnen gehen. Zeigen wollte er ihnen, wer der wahre Herr in den Wäldern, auf den Kofeln, in den Klüften war. Blamieren wollte er sie; kuschen und katzbuckeln sollten sie müssen vor ihren Vorgesetzten ob ihres hegerischen Versagens. Er, der Schiefzähnige, würde ihnen das Wild wegknallen, direkt vor den Schnauzen. Und sollte sich darüber hinaus die Gelegenheit zu einem Tort ergeben, er würde gewiss nicht zögern. Denn – verschwommen flirrte ihm ein Bibelwort durchs Gehirn – Feindschaft war von jetzt an gesetzt zwischen ihn und sie!

Im Schutz der Steinschrunde wartete der Grauäugige ab, bis das Vogelgezwitscher in der ersten Ahnung der Abenddämmerung matter wurde. Dann huschte er weg, ungefähr eine Viertelmeile auf den Brunstkogel zu. Einen Einstand wusste er dort, von früher her, und gerade als das Büchsenlicht verschlieren wollte, trat der Bock ins Freie. Die Kugel warf ihn auf die Decke, der Girgl brach ihn auf und schleuderte das Darmgeschlinge, den Lodenen zum Hohn, über eine Astgabel. Tief in der Nacht kam er in Westenhofen an. Dort trommelte er den Lorenz und den Wastl heraus, schenkte ihnen das Fleisch und soff sodann mit den Gütlern, den Holzknechten bis zum Morgengrauen. Im Schuppen des Lorenz schlief er seinen Rausch aus, den Stutzen nahe bei sich unter der haarigen Decke, und am Abend zog er, als sei gar nichts gewesen, erneut in seine Kate ein; der Unterschwaiger hatte ihn wieder in den Dienst genommen, ohne viel zu fragen. Zwischen dem Westerberg und dem Brunstkogel aber stand ungefähr zur gleichen Zeit auf einer Lichtung der Sieberer und starrte in ungläubiger Wut auf das fliegenumschillerte Aas, das wie ein blasphemisches Fanal vom gegabelten Ast hing.

***

Nur eine Woche später setzte Georg Jennerwein auch dem Pföderl ein blutiges Zeichen. Weil der Girgl herausgebracht hatte, dass der andere jetzt die Sennerin von der Baumgartenalm besuchte, pirschte er dort hinüber und lauerte auf dem Bergkamm, bis sich unten der Tegernseer zeigte. Nachdem der mit der Geierfeder in der Hütte verschwunden war, holte der Wilderer den verwesten Rehschädel, den ihm die Westenhofener grinsend wieder überlassen hatten, aus dem Rucksack. Die Würmer krochen schon unter dem Fell, der Gestank, der aus den Augenhöhlen und unter dem schwarz gewordenen Blutschorf hervordrang, war entsetzlich, doch in der abartigen Vorfreude genoss der Schiefzähnige gerade das. Er trug das Bockshaupt hinunter zur Alm, wartete seitlich neben dem Fenster wiederum lange ab im Nachtschatten, und als dann drinnen das Stöhnen und Keuchen zu seinem Höhepunkt kam, spreißelte er den Schädel an der Tür fest und zog sich, innerlich keckernd, an den Waldrand zurück. Die Nacht wurde ihm nicht lang dort, und im Morgengrauen, als der Pföderl zum pflichtgemäßen Streifgang aus der Hütte trat, als er gleich darauf den wütenden Schrei tat, biss sich der Jennerwein vor unterdrückter Lust auf die Knöchel. Fast mehr noch freute ihn das grelle Angstgurgeln aus der Frauenkehle, welches nur ein paar Lidschläge später einsetzte, und während er dann die drei Meilen zurück nach Westenhofen rannte, malte er sich immer wieder die Folgen des Schlags aus, den er dem Lodenen und seiner Pritsche mitten ins Brünstige hinein versetzt hatte.

In der Tat ließ die Agatha den Hans dann länger als eine Woche nicht mehr an sich heran, sperrte sich und wurde hysterisch, sobald er ihr ans Mieder wollte; starrte mit schreckgeweiteten Augen zur Tür und begann erneut mit dem Winseln und Gurgeln, obwohl der wurmige Schädel doch schon längst weit draußen im Wald vergraben war. Und der Pföderl wünschte sich dann verzweifelt, dass er den Jennerwein erwürgen dürfte. Dass der mit der Spielhahnfeder der Sauhund gewesen war, lag auf der Hand; gleich nach dem Anschlag hatte der Tegernseer von der Rückkehr des Schlierseers erfahren und hatte sich ganz richtig gesagt, dass kein anderer als der Schiefzähnige zu einer solch mistigen Tat fähig sein konnte. Doch mit der Agerl vermochte der Jäger darüber nicht zu sprechen; er brachte es einfach nicht über sich, auch wenn andererseits alles in ihm danach schrie. Er fürchtete ganz einfach um seine männlichen Fähigkeiten, falls ihm in ihrer Gegenwart der Name des anderen über die Lippen käme; ohnehin ging er der Agatha in dieser Zeit eher an die Wäsche, um sich selbst etwas zu beweisen, und nicht, weil er sich wirklich bärig fühlte.

Dem Pföderl ins Gekröse war also der Schlag gedrungen, den der Jennerwein gegen ihn geführt hatte; beidseitig aufgebrochen war der alte Hass damit wieder, zurückgeschnalzt war die Zeit exakt zu jenem Augenblick, da zwischen ihnen die scharfen Schüsse getauscht worden waren. Auch für Johann Pföderl hatte sich auf diese Weise ein Bogen geschlossen, und in der Folge dann, bis vorerst ins frühe 77er Jahr herauf, sollte dieser Hass greller und greller aufblühen, und die Schlaglichter, die in seinem Gefolge zwischen dem Obrigkeitshörigen und dem Renegaten gesetzt wurden, waren – je mehr sich anderswo das Deutsche Reich verfestigte – grässlich und gleißend.

✳✳✳

1874 etwa, zur gleichen Zeit, da in Preußen ein weiteres Attentat auf Bismarck misslang: Auf einem Gmunder Tanzboden drehte sich Johann Pföderl mit der Agatha im Kreis. Hatte die Büchse mitgebracht, um gleich nach der Rückkehr ins eigene Revier die Grenzen dort abzupirschen. In der Schankstube stand das Gewehr jetzt, während der Dunkle in der Körpernähe der Agerl endlich doch wieder Standfestigkeit verspürte. Während er sich also in der Vorfreude wetzte und rieb am wippenden Rock, plötzlich Tumult drinnen im Wirtshaus. Johann Pföderl achtete nicht weiter darauf, doch durchs Fenster der Wirtschaft lurte Georg Jennerwein jetzt auf ihn. Ihre Hetz hatten etliche Holzknechte, als der Girgl nun die Jägerbüchse an sich brachte. Auf die Schenkel schlugen sie sich, als dieser dem ahnungslosen Wittelsbachischen die Zündlöcher vernagelte. Einen doppelten Enzian kippte der mit der Spielhahnfeder, riss dann das Fenster auf, sprang über die Geranien hinweg ins Freie, setzte im Wolfssprung auf dem Tanzboden auf. Bleckte den Pföderl an, frecher noch die Sennerin, spottete dem Jäger ins jäh verzerrte Gesicht: »Glaubst wirklich, dass du heut noch zum Schuss kommen wirst? Weißt, was ich dir sag: Höchstens in die Hosen geht's dir!«

Ehe der Pföderl sich ganz von seiner Tänzerin lösen und zuschlagen konnte, war der Girgl schon wieder weg. Lief schnurstracks in Richtung auf die Baumgartenschneid davon und ließ im Zurückblicken die Spielhahnfeder noch lange wippen. Schon bald hielt es den Pföderl auch nicht mehr in Gmund, obwohl die Agatha deswegen arg maunzte. Seinem Hass und einem Verdacht rannte er hinterher, die Büchse über der Schulter, und in der Tat sah er dann, der Abend dämmerte schon, auf halber Höhe der Schneid das Aufblitzen. Zwei Atemzüge später polterte auch das Schussgeräusch heran; gotteslästerlich zu fluchen begann der

Jäger und hetzte umso schneller weiter. Dass der Hundsteufel ihn aber seelenruhig auf der Schneid erwartete, hätte er trotzdem nie gedacht. Doch der Jennerwein stand da und zeigte ihm den Stutzen – und legte im nächsten Augenblick auch noch frech auf ihn an.

»Jetzt! Endlich!«, brüllte Johann Pföderl. »Jetzt hast du's zu weit getrieben!« Die Büchse riss er hoch, scharf nahm er den anderen ins Visier, zog durch – und hörte nichts als das Zündhütchensprotzeln. Einen Lidschlag später versagte ihm auch der zweite Lauf, aber dann pfiff gegen ihn selbst die Kugel heran. Riss ihm den Hut vom Schädel, ließ ihn aufheulen und wegtaumeln, ließ ihm die Todesangst in den Eingeweiden hochquellen. Und dann war die Spielhahnfeder über ihm, überrumpelt hatte ihn der Jennerwein in seiner Angstlähmung, und nun spürte der Jäger die Doppelmündung des Stutzens unterm Kinn. Wehrlos war er, hilflos, anhören musste er sich, was der Jennerwein gegen ihn zischelte: »Hab' nicht auf einen Bock gewartet heut, sondern auf dich! Dass ich dich wieder einmal vor mir im Dreck kniegeln seh'! Jetzt, wenn ich wollt', könnt' ich dich abtun! Gäb' keine Zeugen dabei, gell, Pföderl?! Könnt' mich ungeschoren wieder davonmachen, über die Grenz'! Aber für einen wie dich, da ist mir die Kugel zu schad'! Soll mir genügen, dass ich dein Winseln gehört hab'! Und dass du über alles das Maul halten musst! Weil du dich nicht mehr halten kannst im Gäu, wenn's die anderen Jäger erfahren, dass du dem Jennerwein mit einer vernagelten Büchsn nach bist!«

Damit wippte die Spielhahnfeder weg; besiegt blieb Johann Pföderl zurück, besiegt einmal mehr vom Widersacher, und konnte nichts machen gegen den anderen, gar nichts; konnte die Schande und die Erniedrigung bloß stumm hineinfressen in sich.

Im 75er Jahr dann ein weiteres Schlaglicht: Johann Pföderl hockte in einer Rottacher Taverne und soff, weil bei den kürzlich erfolgten Wahlen zum bayerischen Landtag die Patriotenpartei Einbußen erlitten hatte und die Liberalen ganz schändlich hochgekommen waren. Soff auch, weil der Jennerwein nach wie vor sein Unwesen trieb, weil er gefeit schien seit seiner Rückkehr, weil ihm weder von der Tegernseer noch von der Schlierseer Seite aus beizukommen war. Als der Jäger schon halb im Tran war, kam auf einmal der andere zur Tür herein.

Schien den Jagdgehilfen gar nicht zu sehen, tat aber gleich schön mit der Kellnerin. Wickelte sie um den Finger, und der Pföderl musste plötzlich auch noch an die Agatha denken, die seit den verhinderten Schüssen öfter instinktiv gegen ihn spöttelte. Einen förmlichen Sturztrunk tat der Dunkle da in seinem quälenden Ärger; mit der Bedienung schnapselte jetzt der Wilderer, der hundshäutene, und auf einmal begann er auch noch politisch zu werden. »Das schwör' ich dir«, versicherte er der Reschen, die Hand auf ihrem Schenkel, »dass es bald gar keine Patrioten mehr gibt in Bayern! Hin müssen sie werden, die Sauteufel, weil sie es immer bloß mit dem Herrscherhaus und den Pfaffen halten! Weil sie uns in den Krieg gehetzt haben und den nächsten auch bald vom Zaun brechen werden! Weil sie von einem Vaterland faseln, das doch nur für sie allein, für die Großkopfeten und Schmerbäuchigen, da ist! Weil sie kein Herz haben für uns Kleine! Weil sie uns ein Reich aufgedrückt haben, das uns armen Frettern bloß im Nacken sitzt!«

Seinen Stamper leerte der Girgl, fuhr fort: »Nach mir wenn's ginge, dann würden wir die Revolution noch heut haben! Eine sozialistische vielleicht, direkt aus der Wut heraus! Von dir und mir gemacht, Resi! Die Adligen und die Klerikalen, die täten wir dann gleich aufhängen! Und die Jäger« – erst jetzt gönnte der Girgl dem Tegernseer einen scharfen Blick – »würden auch davongejagt! Weil sie Büttel sind, feige Handlanger der Obrigkeit, nichts sonst, und weil sie den Armen keinen Bissen Fleisch gönnen und dem Wildschützen seinen Spaß nicht …«

Voll ins Maul, gegen den schiefen Zahn krachte dem Sprecher da die Faust des Dunklen. Die Resi schrie auf und floh, die Raufer verklammerten sich, würgten sich gegenseitig über dem zusammenbrechenden Tisch. Droschen aufeinander ein, traten, bissen sogar, zogen eine blutige Trümmerspur quer durch die Gaststube und dann durch den Fletz in den Hof hinaus. Hätten sich womöglich umgebracht, im Hass, in der irrsinnigen Wut, wenn nicht zuletzt der Wirt und der Knecht eingegriffen hätten. Trotzdem blieb der Hans schwer angeschlagen in der Mistrinne liegen, dem Girgl hing eine Braue zerrissen übers Auge; er blutete wie eine gestochene Sau, konnte außerdem bloß noch hinkend das Weite suchen.

Und das Schlägern, das Sich-blindwütig-ineinander-Verbeißen setzte sich fort ins 76er Jahr hinein. Nach wie vor zog der Girgl mit dem Stutzen los; nach wie vor belauerte der Hans ihn und fasste ihn dennoch nicht, und immer wieder gerieten sie aneinander. Georg Jennerwein freilich hatte zumeist das Ansehen und die Ehre davon, während dem Johann Pföderl im Regelfall nichts als der Spott und die Verachtung blieben. Für das dumpfe Rebellieren des Volkes gegen eine aufgepfropfte, widernatürliche Obrigkeit, ein verhasstes Reich dazu stand der eine, für das Gedrückt- und Gegängeltwerden, für die Schuld an der Armut und an der Not der andere. Und wenn es in diesem Jahr 1876, in dem der bayerische Gulden durch die Reichsmark ersetzt wurde und die Armen wieder nichts davon hatten, während der König eine Apanage von mehr als vier Millionen zugestanden bekam, zu neuerlichen Auseinandersetzungen zwischen dem Jennerwein und dem Pföderl kam, dann musste sich der Jäger oft sehr allein fühlen, der Wildschütz aber brauchte sich ums Angefeuertwerden, um den späteren Schutz auch vor etwaigen Nachstellungen durch das Gesetz nicht zu sorgen.

Noch mehrmals steckte Johann Pföderl Prügel ein, oder er musste sich anderweitig demütigen lassen; schon gar nicht mehr auf die Tegernseer Kirchweih traute er sich im Herbst mit der Agatha, und im Winter musste er es hinnehmen, dass ihm auf der Baumgartenschneid wiederum drei Böcke in einer einzigen Nacht weggeschossen wurden, und er verschlief den Frevel und handelte sich einen mächtigen Anschiss ein, bloß weil ihm einer im Wirtshaus das Laudanum ins Bier gegossen hatte.

So also lief es zwischen dem Jäger und dem Wilderer, und als das 76er Jahr sich zuletzt ins 77er hineindrehte und in einen neuen Frühling kam, setzte Georg Jennerwein im Krieg gegen Johann Pföderl noch eins drauf und machte sich an die Agatha heran, auf die er schon länger ein Auge geworfen hatte.

***

»Nein!«, fauchte sie ihn aus dem Erschrecken heraus an. Ungesehen herangeschlichen über den Almboden hatte sich der Girgl an diesem Sonntagmorgen, hatte sie hinterrücks am Brunnentrog überrumpelt, und jetzt spürte sie, wider Willen, wie ihre Brüste sich unter seinem frechen Griff dehnten. »Nein!«, wiederholte sie. »Geh weg, du Saubär! Dem Hans gehör' ich, dass du's bloß weißt! Und wenn du deine Pratzen nicht gleich …«

»Was dann?«, fragte grinsend der Wildschütz, presste ihr unverschämt noch einmal die Warzen, ließ sie einen Lidschlag später jäh wieder los. »Erzählst du's ihm dann? Dem Jäger? Dass der Jennerwein in seinem Revier auf der Pirsch war?« Unter der wippenden Spielhahnfeder hervor kam herausfordernd sein Lachen. »Was hättest du denn davon? Dass er dir eine schiefe Lätschn hermachen würde und noch mehr Grund zum Saufen hätt' als eh schon! Das käm' heraus dabei, Agerl! Würdest dich bloß ins eigene Fleisch schneiden! Aber andererseits, wenn du mich einmal in die Hütte ließest und ihm gegenüber den Schnabel halten tätest, dann könnten wir zwei einen Haufen Spaß haben. Du weißt ja, was man über mich und die Weiber sagt, gell? Dass noch eine jede mit mir zufrieden gewesen ist …«

»Jawohl, und deswegen laufen auch die Bankertkinder von dir gleich dutzendweis' im Gebirge herum!«, schnappte die Schwarzhaarige. »Sind bloß zwei oder drei«, versetzte der Girgl leichthin. »Und beschwert hat sich noch keine bei mir, dass ich ihr einen Bamsen gemacht hab'. Außerdem, Dirndl, das weißt du doch, schnappt es nicht immer! Hättest doch du sonst schon längst einen dicken Bauch vom Jäger haben müssen. Oder hat der Pföderl etwa eine vernagelte Büchsn im Gewehrschrank stehen?«

»Lumpenhund!«, heulte die Agatha auf, und die Maulschelle, die Georg Jennerwein gleichzeitig einstecken musste, war auch nicht von Pappe. Doch das Grinsen wischte sie ihm nicht weg aus dem kantigen, dem verwegenen Antlitz. Vielmehr wurde es noch eine Spur breiter, noch herausfordernder, als der Girgl sich jetzt langsam, als sei gar nichts geschehen, zum Weitergehen anschickte. Mit geballten Fäusten stand die Schwarzhaarige da, irgendwie blieb das Grinsen zwischen ihr und ihm hängen, ebenso das Ziehen in der Brust, das sündige. Und dann, zwölf, fünfzehn Schritte entfernt schon, drehte sich der Grauäugige noch einmal um und rief ihr zu: »Überleg dir's halt einmal, ob du den Jennerwein nicht doch magst! Ob ein Spielhahn nicht besser für dich ist als ein Geier …« Und da rannte die Agatha davon, in die Hütte hinein, als sei der Teufel hinter ihr her.

Von da an hatte sie das Glühen in den Brüsten, im Schoß und im Herzen; und das Grinsen ging ihr nicht mehr aus dem Kopf, der schiefe Schneidezahn nicht, der bissige, auch nicht mehr die Augen, die hechtgrauen. Etwas Heimliches, das vielleicht schon lange in ihr geschlummert hatte, hatte der Jennerwein aufgebrochen und aus der krustigen Schale gekitzelt; ein Sehnen, das ihr so tief im Blut saß, dass der Pföderl es nie hatte erwittern können. Und jetzt begann sie unter dieser nadelnden und letztlich doch wieder nicht fassbaren Brunst, diesem unnennbar Urweiblichen und Archaischen zu leiden, selbst dann, wenn der andere bei ihr war; in der Hütte, zwischen den Schenkeln. Eine Leere war auf einmal in ihr, die sich nicht greifen ließ; die höchstens der eine, der Wilderer, hätte packen können. Am folgenden Sonntag dann verweigerte sich die Agatha dem Pföderl, schützte ihre Tage vor und trieb ihn auf diese Weise weg von sich, hinunter ins Tal. Und während der Dunkle, der jetzt wieder Zusammengebuckelte dort soff, sich einen Rausch leistete, fast bis zur Bewusstlosigkeit, tauchte drüben auf der Baumgartenschneid der Jennerwein auf; kam herüber zur Alm, kam heran wie ein Sieger.

»Ja!«, stöhnte die Schwarzhaarige, als er ihr wild und zärtlich die

Flechten löste, als er ihr das Pfoad über den Kopf zog, als er sich festsaugte an ihren Brüsten, als er sie auf die Bettstatt drückte. »Ja!«, wimmerte und keuchte sie, als sie dann endlich seine Männlichkeit spüren durfte; eine ungebändigte und nicht eine dressierte. Ins Stammeln glitt das letzte Wort weg, das sie bewusst gesagt hatte; die Hüften reckte sie ihm entgegen, den feuchten Schoß, und später wuchs ihr Entzücken noch, als er sie in die Bauchlage zwang und dann sogar von ihr verlangte, dass sie ihn ritt. Und als sie zuletzt atemlos an seiner Seite lag, da dachte sie: Das hätte der Pföderl nie gemacht mit mir! So was Schönes kann bloß von einem Wildschützen kommen, von ihm; von IHM!

»Siehst du«, murmelte gleichzeitig der Jennerwein in ihre Ohrmuschel hinein, »jetzt hast du es begriffen! Jetzt brauchst du den anderen nicht mehr. Brauchst nur noch mich ...«

»Das nächste Mal, wenn er kommt, dann sag' ich's ihm«, versprach die Agatha, kuschelte sich noch näher an den Girgl heran, fuhr mit dem Zeigefinger unendlich sanft über seine Narbe.

Und das war der eigentliche, der größte Sieg des Grauäugigen in dieser Mainacht. Dass er seinen Todfeind jetzt im innersten, im allertiefsten Kern seines Da-Seins ausgestochen hatte.

***

Während Georg Jennerwein die Schwarzhaarige benützte, ihr in den Phasen zwischen seinen renegatischen Waldgängen nichts versprach und sich alles nahm, kam Johann Pföderl mehr und mehr herunter. Hatte das, was ihm an fleischwarmer Geborgenheit und daraus resultierender Lebenshoffnung für eine Weile vergönnt gewesen war, jäh wieder verloren. Besaß jetzt bloß noch die Büchse, das Lodengewand, die Geierfeder und den Schnaps. War zurückgestürzt in seinen menschenscheuen und geprügelten Anbeginn. Den Spott, den Hohn, die vermeintlich tückischen Blicke von allen Seiten musste er außerdem ertragen. Die Rüffel des Vorgesetzten, die Verachtung der anderen Jagdgehilfen dazu, weil er – während es in seinem Revier jetzt immer unverfrorener knallte – noch immer der Zuchtl nachtrauerte.

Im Rausch dann, wenn der Alkohol ihm trügerisch den Mut zurückgab, sagte sich Johann Pföderl während dieser qualvollen Monate immer öfter, dass ihm nur noch ein einziger Ausweg, eine allerletzte Möglichkeit der Befreiung blieb ...

Allerheiligen war vorüber, Allerseelen auch, die Novembernebel aber hingen weiterhin in den Tälern und umflatterten die Berge, und am sechsten Tag des Monats, früh noch am Morgen, verließ Georg Jennerwein seine Behausung in der Unterschwaig. Unbeschwert lief er dahin, trug sein gutes Gewand, und als er auf dem Westenhofener Dorfplatz einen zeitigen Kirchgänger traf, der ihn anredete, erklärte ihm der Girgl, dass er nach Tölz unterwegs sei, um die dortige Leonhardifahrt mitzumachen.

Kaum war er jedoch außer Sichtweite gekommen, änderte der Neunundzwanzigjährige seine Marschrichtung. Den Breitenbach lief er hinauf und dann weiter bis zum Arzgraben, wo die Buchenruine mit dem vom Blitz gespaltenen Stamm stand. Lange witterte der Schiefzähnige dort in die Runde; er wusste, dass die Jäger wieder einmal besonders scharf waren auf ihn; dass er dem Pföderl im Frühjahr die Agatha ausgespannt hatte, trug ihm nicht allein der mit der Geierfeder nach. Doch es blieb alles ruhig, bloß die Dunstschwaden trieben, und jetzt wühlte der Wilderer sich mit beiden Händen hinein ins Geborstene, tauchte mit dem halben Oberkörper unters verrottete Laub, ertastete den Rucksack und zerrte ihn ins Freie. Mit wenigen Griffen schraubte er den zerlegbaren Stutzen zusammen, lud die beiden Läufe der Waffe, verwahrte Pulverhorn, Kugelbeutel und Zündhütchen in den Joppentaschen, warf sich den Rucksack auf den Buckel, behielt die Büchse in der Faust und lief weiter.

Den Brunstkogel passierte er, dann den Westerberg; wie gescheucht plötzlich, schlug er einen Haken um die Klamm dort und befand sich eine Stunde später am Wasserspitz. Von da aus war es nicht mehr weit bis zur Bodenschneid, einem forstdunklen Kamm, der wiederum in den Hang des Peißenbergs einmündete. Und auf einer Lichtung hier, das hatte Georg Jennerwein schon vor einiger Zeit herausgefunden, pflegte sich regelmäßig ein Prachtbock zu zeigen. Hinter einem Wurzelstock ging der Wilderer in Deckung. Tiefhängende Tannenbärte verbargen ihn weitgehend gegen die Ödwiese hin. Ein Blick durch die Wipfel, zum trüben Sonnenfleck inmitten der Nebelwolken, zeigte dem Grauäugigen an, dass er gut gegangen war. Der Tag, der noch immer allerseelentriste, stand erst zwischen Morgen und Mittag. Georg

Jennerwein hatte also Zeit. In aller Ruhe konnte er auf das Wild warten. Vorsorglich jedoch zog er schon jetzt die beiden Büchsenhähne auf, stellte den Stutzen schussbereit gegen den Baumstrunk und zog sodann ein Stück Geselchtes und einen Ranken Brot aus der Tasche, um sich nach dem dreistündigen Weg zu stärken. Das salzige Räucherfleisch machte ihm Durst. Kurz überlegte er, ob er einen Schluck aus der flachen Enzianflasche nehmen sollte. Aber dann ließ er es, wollte lieber nicht riskieren, dass sich ihm der Blick eintrübte.

**

Reichlich Schnaps im Blut hatte an diesem Vormittag des 6. November 1877 dagegen Johann Pföderl. Hatte sich wieder einmal besoffen beim Kirchenwirt zu Tegernsee in der vergangenen Nacht, war in der Früh dann mit schmerzendem Schädel von der Bettstatt gewankt. Hatte, um den Dienstgang überhaupt durchstehen zu können, nachgeschüttet. Jetzt näherte er sich der Bodenschneid vom Rinnerspitz her. Lief auf die Reviergrenze zwischen dem wittelsbachischen und dem Staatswald zu, als peitsche ihn etwas vorwärts. Er hätte nicht sagen können, was es genau war. Das Zerren in seinem Gehirn, in seinem verkaterten Körper war einfach da; möglich aber, dass er sich unbewusst an den Westerberg erinnerte, ans 73er Jahr, als der Jennerwein, mehr oder weniger im Niemandsland, zwischen zwei Feuer geraten war.

Als Johann Pföderl zuletzt die Bodenschneid vor sich sah, zuckte er doch noch einmal zurück. Schlierseer Gebiet war das hier, trotz allem; mit der Büchse auf dem Buckel hatte er dort drüben von Rechts wegen nichts zu suchen. Aber schon befiel ihn erneut das Zerren. Geduckt pirschte er weiter, seinem Instinkt nach, seinem mörderischen; dem immer noch dunklen, schlierigen Trieb hinterher.

Dann jedoch jäh der grelle Hieb durch den Schädel. Der Blitzstich, das ungeheuerliche Bild: In der Deckung des Wurzelstocks hockend, den Stutzen neben sich, der Widersacher. Herausfordernd die Spielhahnfeder; ungeschützt, arglos der Rücken. Einen Atemzug, so scharf, dass es dünn pfiff, tat Johann Pföderl. Hatte gleichzeitig mit dem Lungenblähen das Gewehr schussbereit. Schlug an jetzt, nahm den Verhassten ins Visier. Krümmte den Finger ein, wie im Wahn, bis zum Druckpunkt. Sah die Kugel schon fetzen und sich glühheiß ins Fleisch beißen. Hielt den Finger, mit übermenschlicher Anstrengung schier, doch noch zurück. Das Gesetz war dem Pföderl eingefallen, die Vorschriften. Ansprechen musste er den Wilderer! Ihm die Chance einräumen! Ihm das Aufgeben möglich machen, ohne dass es knallte! So lauteten die Regularien! Dem Pföderl – er knirschte wild mit den Zähnen – waren einmal mehr die Hände gebunden!

Ins gesetzestreue, ins obrigkeitshörige Denken hinein lichtelte ihm aber gleich darauf etwas anderes. Was war, wenn der Jennerwein es wie damals am Westerberg machte? Wenn er zurückschoss, kaum dass er, der Pföderl, den Mund aufgetan hatte? Wenn ihm die Flucht noch einmal gelang? Oder es zum Feuergefecht kam? Zum Gefecht …?!

Der zweite mentale Hieb ungleich greller als der erste vorhin. Nur ein Wort hatte Johann Pföderl gedacht, und doch platzte ihm jetzt eine ganze Welt aus den beiden Silben heraus. Um sieben Jahre schmetterte es ihn zurück in den Krieg. Das Bild der Bodenschneid verblich und verwandelte sich in eine kanonenbrüllende französische Landschaft; der ahnungslose Menschenrücken flirrte weg und wurde zum Turko, zum Bestialischen; aus den Grannen einer Spielhahnfeder entstand das viehische Säbelblitzen.

Durch Blut, Eiter und Kot raste ein Uniformierter. Die Untergebenen hinter sich und das Bajonett aufgepflanzt. Ins Krachen, Bersten und Metzeln hinein. Ins Schrapnellsplittern und Kugelzwitschern. Gegen den Feind. Der brach auf Rossen aus dem Hohlweg, aus der Klamm. Der wollte mit dem Säbel ins Gedärm schlitzen. Den Turko schlachtete der Soldat, warf die Haubitze herum, richtete sie aus. Fetzte die Feinde weg, war ein Sieger, war ein Held. Wurde mit einem Orden geschmückt, während über dem Schlachtfeld der Rauch waberte. Hatte seine Pflicht getan als ein Mörder. Hatte jetzt die Ehre, die Anerkennung, die Liebe – die LIEBE – davon …

Und wirbelte aus dem Schlachtfeldgeruch wieder heraus – und stand da, mitten im Pulverrauch. Spürte den Rückstoß der Büchse in der Schulter nachhämmern – und sah drüben den Jennerwein bäuchlings über den Wurzelstrunk stürzen. Hatte getan, was im Krieg erlaubt gewesen – und jetzt aufgrund eines ganz anderen Gesetzes verboten war.

Der dritte Hieb traf ihn daraufhin mental und körperlich zugleich. Johann Pföderl brach zusammen, wusste nichts mehr von der Welt; wollte nichts mehr wissen von ihr.

***

Mit dem Mittagsläuten, das dünn heranwimmerte, von Rottach her, kam er wieder zu sich. Den Blick ruckte es ihm zur Leiche hin, als hinge sein Schädel an Marionettenfäden. Über dem blutversudelten

Rücken des Georg Jennerwein schwirrten bereits die Fliegen. Johann Pföderl, auf den Knien, auf den Ellenbogen, kroch hin; wie von etwas Unsichtbarem gezwungen. Drang ein in den Blutbrodem, ins Insektenschillern, berührte den Kadaver, rüttelte an ihm. Fuhr, als ihm das Unausweichliche endgültig bewusst wurde, würgend zurück. Kotzte ins Unterholz hinein, bis bloß noch Galle kam. Und aus dem Gallebitteren heraus drang ihm die volle Erkenntnis ins Gehirn.

Nicht nur der Jennerwein war tot, sondern, wenn es herauskam, auch er, der Pföderl! Einen Meuchelmord hatte er begangen, hinterrücks. Köpfen würden sie ihn dafür in der Residenz, in München. Wie ein Wurm würde er sich erneut krümmen müssen, bis ihm dann das geschliffene Eisen höhnisch ins Genick fuhr.

Die Todesangst, die ungeheuerliche Scham dazu trieben Johann Pföderl zurück zur Leiche. Zwischen glasklarem Planen und dumpfem Trieb changierte ihm jetzt das Denken. Den Toten wälzte er auf den Rücken, vermied dabei, so gut er konnte, den Blick in die erloschenen Augen, griff dann nach dem Stutzen Jennerweins, der mit aufgezogenen Hähnen noch immer am Baumstumpf lehnte. Die Mündung der Waffe drückte er unters Kinn des Schlierseers, dessen Zahn dabei plötzlich wie höhnisch wieder bleckte. Um den Abzugsbügel versuchte Johann Pföderl sodann den Zeigefinger des Ermordeten zu krümmen, schaffte es jedoch nicht; der Büchsenlauf war länger als der Arm. Der Tegernseer keuchte in seiner eiskalten Panik, heulte, rotzte – und erinnerte sich gleichzeitig an einen Selbstmord, von dem er einmal beim Militär gehört hatte.

Den rechten Schuh zog er dem Blutbesudelten aus, zerrte und bog ihm das Bein gegen den Leib herauf, zwängte ihm den großen Zeh zwischen Handbügel und Stecher der Waffe. Richtete den Doppellaut noch einmal aus gegen die Kinnlade des jetzt doppelt Geschändeten – und löste, fiebrig, zittrig, selbst den Schuss aus.

Hatte den Stutzen aber verrissen im eigenen, fast epileptischen Angstschütteln. In die Tannenbärte fetzte die Kugel hinein; dem Jennerwein drückte der Explosionsschlag bloß jäh den Kopf zur Seite.

Das zweite Geschoss jedoch traf. Brüllend hatte Johann Pföderl die allerletzten seelischen Schranken überwunden und noch einmal abgedrückt. Der Unterkiefer des Georg Jennerwein schien wegzuplatzen. Seine Schädeldecke zersplitterte. Aus den Augenhöhlen, aus den Wangen trieb ihm der ungeheuerliche Hieb das Weiche, das Nachgiebige heraus.

Mit Hilfe des Quentchens Kraft, das ihm noch verblieben war, vergewisserte sich Johann Pföderl, dass der große Zeh des Kadavers noch immer an Ort und Stelle war. Dann floh der Jäger, der Korporal, der Meuchelmörder, hetzte hinein in den scheinbar bergenden Forst und wusste, im verzweifelten Herzstechen, doch, dass ihm Geborgenheit nie wieder vergönnt sein würde.

Der Tegernseer Jagdgehilfe Simon Lechenauer hatte an jenem 6. November 1877 die Schüsse am Peißenberg aus der Ferne vernommen. Zuerst den einzelnen, dann – ungefähr zweieinhalb Stunden später – die beiden anderen. Hatte sich aber nicht viel gedacht dabei, hatte angenommen, ein Jagdpächter aus München sei drüben im Schlierseer Revier unterwegs gewesen.

Auch auf der Unterschwaig und in Westenhofen schöpften die Freunde und Arbeitskameraden des Georg Jennerwein zu diesem Zeitpunkt und dann in den folgenden Tagen noch keinen Verdacht. Allgemein glaubte man, der Abgängige halte sich noch immer in Tölz auf. Erst als bekannt wurde, dass Georg Jennerwein an der Leonhardifahrt überhaupt nicht teilgenommen hatte, wurde man am Nordufer des Schliersees unruhig und stellte zuletzt einen Suchtrupp zusammen. An die hundert Holzknechte, Bauernburschen und Gütler durchkämmten das Waldgebirge zwischen den beiden Seen. Am 13. November dann, in den Tälern und über den Gipfeln lastete noch immer der Nebel, wurden sie fündig. Beinhart gefroren war die Leiche Georg Jennerweins, noch immer lag der Stutzen auf seinem Körper, klemmte der große Zeh am Abzugsbügel fest.

Zunächst zweifelte niemand daran, dass er sich selbst erschossen hatte. Als man jedoch den Toten aufbahren wollte, entdeckte man den zweiten Einschuss im Rücken. Selbst die kriminalistisch nicht geschulten Gebirgler konnten sich den wahren Tathergang daraufhin leicht zusammenreimen. Hingemeuchelt hatte jemand den Wildschützen vom Schliersee; hinterrücks.

Schon bei der Beerdigung Jennerweins auf dem Westenhofener Friedhof, nachdem die Gerichtskommission die Leiche freigegeben hatte, wurden Gerüchte laut. Ein Jäger musste es gewesen sein; einer der geschworenen Feinde des Girgl. Es kam ans Tageslicht, dass Simon Lechenauer sich zur fraglichen Zeit in der Nähe des Tatortes aufgehalten hatte. Der jedoch konnte ein Alibi beibringen, freilich erst, nachdem er sich notgedrungen bereits hatte versetzen lassen. Eine Austragsbäuerin und ein Landwirt hatten den Tegernseer Jäger am Wallberg getroffen, nur kurze Zeit bevor es auf der Bodenschneid gekracht hatte.

Weiter wucherte das Misstrauen, bis sich zuletzt die Indizien gegen Johann Pföderl immer mehr verdichteten. Er wurde festgenommen und gestand praktisch auf der Stelle. Die Staatsanwaltschaft erhob Mordanklage gegen ihn. Ließ diese aber wenig später wieder fallen, und letztlich verurteilten die wittelsbachischen Juristen den Jagdgehilfen lediglich zu acht Monaten Gefängnis. Pföderls Pflichteifer und seine Tüchtigkeit im Jagdberuf, so jedenfalls die offizielle Sprechweise, waren strafmildernd berücksichtigt worden.

Johann Pföderl wurde anschließend ins Forstrevier Valepp versetzt, wo er – immer ärger dem Trunk ergeben – noch bis zum Sommer 1889 Dienst tat.

Am 11. Juli dieses Jahres wurde er, im alkoholischen Zusammenbruch delirierend, ins Tegernseer Hospital eingeliefert. Ein einziger Tag Leben – und der soll grässlich gewesen sein – war ihm dort noch vergönnt. Möglich aber, dass der Dunkle im letzten Aufbäumen seines Gewissens und in seiner eigenen tiefsten Erniedrigung den Kern einer Wahrheit erspürte: Dass er und Georg Jennerwein Brüder gewesen waren in der Chancenlosigkeit und Verlogenheit ihrer Gesellschaft. Dass man sie beide missbraucht und fehlgeleitet hatte, bis zum Schädelplatzen und bis in den Säuferwahn. Und dass sie den Wildererstutzen ebenso wie die Jägerbüchse, das Militärgewehr dazu, besser gegen die wahren Schuldigen gerichtet hätten!

Allerheiligen, Allerseelen: katholische Feiertage zum Totengeden-
ken.
Altötting: bekannter bayerischer Wallfahrtsort.
Antonius: katholischer Heiliger der Keuschheit.
Aufmandeln: rebellieren.
Ausstehen: den Dienst aufkündigen.
Austrag: bäuerlicher Ruhestand.
Bamsen: Kinder.
Bärig: geil.
Bauer, Wilhelm: Der bayerische Unteroffizier war der Erfinder des
ersten Unterseebootes der Weltgeschichte. Er baute einen Prototyp, der
jedoch nicht voll funktionstüchtig war.
Beresina: weißrussischer Fluss. 1812 kam es dort beim Rückzug der
Napoleonischen Armee, zu der auch ca. 30 000 bayerische Soldaten
gehörten, zum Debakel.
Bezaine, Achille (Marschall): kommandierte zunächst das Dritte Fran-
zösische Armeekorps, später die gesamte Rheinarmee.
Bifang: Kartoffelanbaufläche; ursprünglich wertloses, herrenloses
Land.
Blauer Kurfürst: Kurfürst Max Emanuel von Bayern (1662–1726). Er
war streng katholisch, kriegerisch und grausam; kämpfte in den Türken-
kriegen, in den Niederlanden und im Spanischen Erbfolgekrieg. Den
Beinamen trug er wegen der Farbe seines Feldherrnrockes.
Blöcher: grobe Holzblöcke, die noch zerkleinert werden müssen.
Bracklmannsbild: ungeschlachter, großer Mann.
Bresthafte: Menschen mit Gebrechen.
Brunnengrand: Brunnentrog.
Deutscher Bund: eine Art Sicherheitsinstrumentarium der deutschen
Einzelstaaten. Wurde ein Mitglied von einem anderen angegriffen, hat-
ten alle anderen sich auf die Seite des Bedrohten zu stellen. Angesichts
der militärischen Stärke Preußens war dieses Abkommen zuletzt nicht
mehr praktikabel.
Dreibastig: ungehobelt, derb.
Duodezische: Duodezfürsten; Kleinfürsten im zersplitterten Deutsch-
land.

131

Epauletten: Schulterstücke auf Offiziersuniformen.

Erbfeindschaft: Der Krieg von 1870/71 wurde später von Kaiser Wilhelm II. und Hitler herangezogen, um das Märchen von der »Erbfeindschaft« zwischen Frankreich und Deutschland zu konstruieren.

Falott: Gauner.

Fletz: Hausflur.

Fraisen: Kinderkrankheit, die sich in Krämpfen äußert.

Getaufte Virginia: Zigarre, die durch Bier oder Schnaps gezogen und wieder getrocknet wurde, um sie »gehaltvoller« zu machen.

Görres, Joseph von (1776–1848): reaktionärer Geschichtsprofessor an der Münchner Universität. Ursprünglich Revolutionär, hatte Görres sich 1822 wieder dem Katholizismus zugewandt und war so zur Galionsfigur des Ultramontanismus, also der Papsthörigkeit, geworden. 1848 holten konservative Studenten den Sarg mit seinem Leichnam aus der Gruft und trugen ihn an der Residenz vorbei, um König Ludwig I. im Zusammenhang mit der Montez-Affäre (siehe Stichpunkt »Lola Montez«) moralisch zu treffen.

Grummet: getrocknetes Wiesengras des zweiten Schnitts im Unterschied zum Heu.

Gschwerl: nichtsnutziges Gesindel.

Hausl: Hausdiener.

Hetz: Vergnügen, Spaß; eher derb gemeint.

Hochzeitsschmuser: bäuerlicher Heiratsvermittler.

Holnstein, Maximilian Graf von: war ein Vertrauter Bismarcks, gleichzeitig aber auch Obriststallmeister des bayerischen Königs.

Ins Amerika gehen: mundartlich für »nach Amerika auswandern«. War durchaus auch ein geflügeltes Wort.

Jägerschlacht: Die Schilderung der Jägerschlacht von Gmund beruht auf historischen Tatsachen.

Kabinett Abel: war stockkonservativ und ultramontan.

Kammergefährt, Kammerwagen: Wagen, auf dem die Aussteuer einer Braut transportiert wurde.

Kartätschen: mit Kartätschen, das sind mit Bleikugeln gefüllte Geschosse, schießen.

Karl Theodor Maximilian, Prinz von Bayern: Im Eigentum dieses Wittelsbachers befand sich das Jagd- und Forstrevier am Tegernsee.

Kate: Kleinbauernhaus, dessen Bewohner in der Regel als Taglöhner arbeiten.

Kleindeutscher Zusammenschluss: stand im Gegensatz zur »großdeutschen« Staatsbildung, wonach auch Österreich Teil des Ganzen geworden wäre.

Kruke: großer Tonkrug.

Kugelende abbeißen: Die Musketenpatronen bestanden aus einer starken Papierhülle, in der Pulver und Kugel getrennt enthalten waren. Biss man das Kugelende ab, konnte man das Pulver in den Lauf des Vorderladers schütten. Das Geschoss selbst wurde mit Hilfe des Ladestocks nachgestopft, wobei das umhüllende Papier als Pfropfen diente.

Kulturkampf: Der Kulturkampf Bismarcks war gegen den oft erdrückenden Einfluss der Kirchen im Reich und gegen deren ungeheuerliche Privilegien gerichtet.

Lamperl: Lamm.

Lätschn: Maul, Gosche.

Laudanum: Opiumtinktur; früher als Narkotikum und Schlafmittel verwendet.

Leonhardifahrt: Wallfahrt zu Ehren des Viehheiligen Leonhard.

Liberalismus, liberalistisch: Der Katholizismus gebraucht diesen als abwertend gemeinten Begriff bis heute.

MacMahon, Patrice Comte de (General): Kommandeur des ersten französischen Armeekops.

Marianischer Maximilian: Damit ist der Herzog und spätere Kurfürst von Bayern, Maximilian I. (1573–1651) gemeint. Er war einer der Hauptakteure des Dreißigjährigen Krieges und vom Marienkult besessen. In Altötting wird heute noch eine mit seinem eigenen Blut geschriebene Urkunde aufbewahrt, in der er seine Seele und sein Leben der »Gottesmutter« weihte.

Mayr (Tegernseer Förster): Die historische Namensgleichheit mit dem Jäger Mayr von der Gmunder Jägerschlacht ist zufällig.

Montez, Lola (1818–1861): Tochter eines schottischen Offiziers und einer Spanierin, war Tänzerin und Schauspielerin. Ihre Jugend verbrachte sie in Indien, später hatte sie in Paris Affären mit Vater und Sohn Dumas, ebenso mit Franz Liszt. Ab dem Jahr 1846 war sie mit König Ludwig I. von Bayern befreundet. Nachdem der König sie 1848 auf klerikalen Druck hin hattte ausweisen müssen, wanderte sie – nach Zwischenstationen in Paris und London – nach Amerika aus, wo sie auch verstarb.

Otto von Wittelsbach (1815–1867): herrschte von 1832 bis 1862 als König von Griechenland. Er war durch Unterstützung der europäischen Großmächte auf den Thron gekommen.

Perspektiv: kleines Fernrohr.

Pfoad: Hemd.

Pönitenz: Buße, Bußübung.

Pritsche: Dirne, Hure.

Protze(n): Transportkarren für Kanonen.

Ratz: Ratte.

Reichsgründung: Dass König Ludwig II. von Bayern der Reichsgründung nicht bei vollem Verstand zustimmte, ist historisch zugesichert.

Scheitelknien: eine grausame Art der Kinderbestrafung in Bayern. Wurde noch bis in die Zeit nach dem Zweiten Weltkrieg herauf verhängt. Die scharfkantigen Holzscheiter verursachten üble Schmerzen.

Scheps: Dünnbier.

Scheuchtsam: scheu, unsicher; aber auch unheimlich.

Schinakeln: schuften, sich schinden.

Schrapnell: Sprenggeschoss mit Kugelfüllung.

Seele (einer Schusswaffe): Laufinneres.

Spielhahnfeder: gebogene Schwanzfeder des Birkhahns.

Spieß: Hauptfeldwebel.

Springginkerl: Springinsfeld.

Tagwerk: landwirtschaftliche Fläche von etwa einem Drittel Hektar.

Tann, Ludwig Freiherr von der (General): Kommandeur des Ersten Bayerischen Armeekorps.

Tarock: altbayerisches Kartenspiel.

Terzerol: Taschenpistole mit Perkussionszündung, also per Zündhütchen.

Teufelsgraben: Bodenverwerfung in der Nähe von Haid.

Tort: Kränkung.

Tuften: Ortsbezeichnung. »Auf der Tuften«, einer Berglehne, besaß später Ludwig Thoma ein Jagdhaus.

Tuntenhausen: bekannter bayerischer Wallfahrtsort.

Turko: Angehöriger der französischen Kolonialtruppen.

Übertragen: angejahrt.

Vaterlandskrüppel: zum Militärdienst Untauglicher.

Weichbrunnkessel: Weihwasserkessel an katholischen Grabstätten.

Weitling: irdener Topf.

Wiesbaum: Stange, die normalerweise zum Beschweren der Heuladung auf dem Wagen diente und in Längsrichtung angebracht wurde.

Winkel: Einöde in der Nähe von Haid.

Zeiteln: melken.

Zeughaus: Lager für Waffen und Vorräte.

Zuchtl: Dirne, Hure.

Zündnadelgewehr: moderne Gewehrart. Wurde in der bayerischen Armee nach dem Krieg von 1866 allmählich eingeführt.

Anmerkungen zu Georg Jennerwein:

Dass Georg Jennerwein einen schiefen Vorderzahn hatte, ist überliefert. Ebenso, dass er eine Spielhahnfeder am Hut trug. Er soll mehrere uneheliche Kinder gezeugt haben.

Jennerwein wurde tatsächlich im Tiroler Dorf Langl von einem Bader (Heilgehilfen) versorgt. Der spätere gerichtsmedizinische Befund überliefert zudem den Umstand einer eingewachsenen Kugel in der Hüfte des Wildschützen.

Der tödliche Schuss auf Jennerwein fiel am 6. November 1877 etwa um 9.45 Uhr. Simon Lechenauer sagte später aus, dass er um die Mittagszeit zwei Schüsse hörte. Aller Wahrscheinlichkeit nach muss also ein erster Schuss danebengegangen sein.

Jennerweins Leiche wurde am 13. November 1877 gefunden, also am siebten Tag nach seinem Tod und nicht am neunten, wie es in dem bekannten rührseligen Lied (abgedruckt auf Seite 136f.) fälschlicherweise heißt.

JENNERWEINLIED

Ein stolzer Schütz in seinen schönsten Jahren,
er wurde weggeputzt von dieser Erd,
man fand ihn erst am neunten Tage
bei Tegernsee am Peißenberg.

Auf den Bergen ist die Freiheit,
auf den Bergen ist es schön,
doch auf so eine schlechte Weise
musste Jennerwein zugrunde gehn!

Auf hartem Stein hat er sein Blut vergossen,
am Bauche liegend fand man ihn.
Von hinten war er angeschossen,
zersplittert war sein Unterkinn.

Und es war schrecklich anzusehen;
als man ihm das Hemd zog aus.
Da dachte jeder bei sich selber:
Jäger, bleib mit'm Selbstmord z'Haus!

Du feiger Jäger, 's ist eine Schande,
du erwirbst dir wohl kein Ehrenkreuz;
er fiel mit dir nicht im offnen Kampfe,
wie es der Schuss von hint' beweist.

Man bracht' ihn dann noch auf den Wagen,
bei finstrer Nacht ging es noch fort,
begleitet von seinen Kameraden,
nach Schliersee, seinem Lieblingsort.

Von der Höh ging's langsam runter,
denn der Weg war schlecht und weit;
ein Jäger hat es gleich erfunden,
dass er sich hat selbst entleibt.

Und als man ihn dort in den Sarg wollt legen,
und als man gsagt hat: Ist jetzt alles gut?
O nein!, sprach einer von den Herren, o nein!
Auf seiner Brust, da klebt ja frisches Blut!

In Schliersee ruht er, wie ein jeder,
bis an den großen jüngsten Tag.
Dann zeigt uns Jennerwein den Jäger,
der ihn von hint' erschossen hat.

Zum Schluss Dank noch den Vet'ranen,
da ihr den Trauermarsch so schön gespielt.
Ihr Jäger, tut euch nun ermahnen,
dass keiner mehr von hinten zielt.

Am jüngsten Tag, da putzt ein jeder
ja sein Gewissen und sein Gewehr.
Und dann marschiern viel Förster und auch Jäger
aufs hohe Gamsgebirg, zum Luzifer!

Der Verfasser des Liedes ist unbekannt. Die Entstehungszeit liegt im späten 19. Jahrhundert, kurz nach Georg Jennerweins Tod. Das Lied trug wesentlich zu seiner Verklärung als Volksheld bei.

Foto: Kathrin Stephan

Manfred Böckl, geboren 1948 in Landau an der Isar (Niederbayern), lebt im Bayerischen Wald. Seit 1976 ist er als freier Schriftsteller tätig. Er schreibt vor allem historische Romane mit humanistischer und sozialkritischer Aussage, aber auch Sachbücher – insgesamt bisher etwa neunzig Werke mit einer Gesamtauflage von rund einer Million, die teilweise auch übersetzt wurden. Außerdem verfasste er Drehbücher und Rundfunksendungen. Der Autor war »Stadtschreiber« von Otterndorf (Niedersachsen) und Neumüller-Stipendiat der Stadt Regensburg. Obwohl ihn vorzugsweise bayerische Themen beschäftigen, geht Böckls Blick über die Grenzen der Heimat hinaus. Seit zwanzig Jahren sind Geschichten und Mythologie der Kelten ein Schwerpunkt seines Schaffens.

Wenn Ihnen der Roman gefallen hat, wollen Sie ihn vielleicht verschenken. Kein Problem – es gibt dieses Buch auch in einer schönen Geschenkausgabe.

1848 als unehelicher Bankert geboren, wird Georg Jennerwein schon als Jugendlicher von der Jagdleidenschaft gepackt. In Auflehnung gegen die Grundbesitzer, in deren Wäldern er als Holzarbeiter kaum genug zum Überleben verdient, verschreibt er sich der Wilderei. Zugleich sucht Jennerwein damit die Anerkennung der Dorfgemeinschaft, doch letztlich findet er keinen Zugang zu einem ehrlichen Leben. Zunehmend verroht, als Säufer und Schläger verrufen, wird er schließlich vom Jagdgehilfen Pföderl hinterrücks erschossen. Dieser Tod macht Georg Jennerwein zum Gegenstand der Verehrung, zum Volkshelden. Doch die wahre Geschichte des Wildschützen erzählt Manfred Böckl in seinem packenden Roman, drastisch schildert er das grausame Leben eines Getriebenen in einer Zeit sozialer Ungerechtigkeit.

Manfred Böckl
Jennerwein
Ein bayerisches Wildererdrama
Historischer Roman
154 Seiten, Format 14 x 22 cm,
gebunden, mit Schutzumschlag
ISBN 978-3-89251-424-4

Dramatische Lebensgeschichte des 1902 hingerichteten Räubers

Auf der Guillotine endet am
21. Februar 1902 eine der
spektakulärsten Kriminalaffären
Bayerns: In Augsburg wird der
mehrfache Polizistenmörder und
Räuber Mathias Kneißl öffentlich
geköpft. Wer dieser Mann wirklich
war – ein Art »bayerischer
Robin Hood«; ein skrupelloser
Schwerverbrecher oder ein
Fehlgeleiteter, den verhängnisvolle
Umstände zum Mörder und
Räuber machten –, dieser Frage
geht Manfred Böckl in seinem
fesselnden Roman auf den Grund. Er
beschreibt neben der dramatischen
Lebensgeschichte Kneißls auch
das soziale und historische
Umfeld. So gelingt ihm nicht nur
die schlüssige Schilderung eines
außergewöhnlichen Kriminalfalles,
sondern darüber hinaus die
unsentimentale Darstellung eines
Ausschnittes der bayerischen
Geschichte.

Manfred Böckl
Mathias Kneißl
Der Raubschütz
von der Schachermühle
192 Seiten, Format 14 x 22 cm,
gebunden, mit Schutzumschlag
ISBN 978-3-89251-258-5

BAYERLAND
BAYERN ERLESEN

Dramatische Geschichte einer Todfeindschaft

Josef Bader
Waldbrüder
Wildererroman nach einer
wahren Begebenheit
192 Seiten, Format 14 x 22 cm,
gebunden, mit Schutzumschlag
ISBN 978-3-89251-437-4

Herbst 1931: Auch im kleinen Dorf
Untergrainau bei Garmisch herrscht
bittere Not. Manchem Familienvater
bleibt kaum ein anderer Ausweg
als die Wilderei, um seine Familie zu
versorgen. Es gibt allerdings auch
Wildschützen aus Leidenschaft,
denen das Jagdfieber im Blut
liegt und die der Ansicht sind, das
Wild gehöre allen – nicht nur dem
Jagdpächter. Kein Wunder, dass
die uralte Feindschaft zwischen
Jägern und Wilderern keine Ruhe
findet. Selbst Unbeteiligte haben
unter dieser Gegnerschaft zu leiden.
Das muss die junge Bauerntochter
Magda erfahren, deren Brüder
berüchtigte Wildschützen sind und
die sich ausgerechnet in einen Jäger
verliebt. Bei einem Pirschgang auf
dem Griesberg kommt es schließlich
zum tragischen Aufeinandertreffen
der Kontrahenten …

500 Jahre bayerisches Wildschützentum

Bald nachdem Kaiser Maximilian im Jahr 1495 mit der Einführung des Römischen Rechts dem einfachen Volk die freie Jagd verboten hatte, nahm das Wildererwesen seinen Anfang. Bis heute wird es in Moritaten besungen und in hochdramatischen Romanen, Theaterstücken und Filmen thematisiert. Doch woher rührt die Bewunderung, die den rebellischen Wildschützen gerade in Bayern entgegengebracht wird? Diese und andere Fragen beantwortet der bekannte Münchner Schriftsteller Alfons Schweiggert in diesem packenden Sachbuch, ohne jedoch das Phänomen Wilderei zu verklären oder zu romantisieren. Im Zusammenspiel mit der reizvollen Bebilderung wird hier ein äußerst wichtiges Kapitel bayerischer und spezifisch alpenländischer Sozialgeschichte aufgeblättert.

Alfons Schweiggert
Wilderer und Wildschützen in Bayern
Männer der Wildnis,
Rebellen, Volkshelden
128 Seiten, Format 17 x 22 cm,
45 Abbildungen, gebunden,
mit Schutzumschlag
ISBN 978-3-89251-392-6

BAYERLAND
BAYERN ERLESEN